龍の求愛、Dr.の奇襲

樹生かなめ

white heart

講談社X文庫

目次

龍の求愛、Ｄｒ.の奇襲――6
あとがき――240

イラストレーション／奈良《なら》千春《ちはる》

龍《りゅう》の求愛《きゅうあい》、Dr.《ドクター》の奇襲《きしゅう》

1

ほんの数年前まで眞鍋《まなべ》組は、新宿《しんじゅく》の片隅に僅《わず》かばかりのシマを持つ規模の小さな暴力団であった。しかし、背中に極彩色の昇《のぼ》り龍《りゅう》を刻んだ橘高清和《きったかせいわ》の出現で眞鍋組は一変した。破竹の勢いで新宿の勢力地図を塗り替えたのは、いたるところで若いとさんざん侮《あなど》られていた清和である。若い清和を不夜城の主《あるじ》と呼ぶことに、今はもう誰も異議を唱えない。名だたる極道も一目置く、堂々たる眞鍋の昇り龍だ。ゆえに、清和の敵が尽きないのかもしれない。

今まで幾度となく仕掛けてきた藤堂《とうどう》組が相手ならば、清和が率いる眞鍋組に勝算は充分ある。だが、藤堂組のバックに国内最高の力を持つ長江《ながえ》組がついたら、勝敗は戦う前から決まっている。

今現在、清和は巨大な敵と対峙《たいじ》していた。

氷川諒一《ひかわりょういち》は命より大切な男をぎゅっと抱き締めて、眞鍋組の勝利を祈る。もう、祈るしかないのだ。

清和の右腕とも眞鍋の頭脳ともいうべきリキこと松本力也《まつもとりきや》が、ロレックスの腕時計で時間を確かめた。それが合図になったのか、今回の軍師である三國祐《みくにたすく》が口を開いた。

「俺が桐嶋《きりしま》さんに同行し、弓削《ゆげ》と話をつけます。組長は姐《あね》さんを連れて戻ってください」

祐も氷川と同じように、桐嶋元紀《もとき》という関西出身の竿師《さおし》が藤堂組の組長である藤堂和真《かずま》に対する最初で最後の切り札だと判断したらしい。無言で頷《うなず》いた清和だけでなく、ほかの男たちも祐の意見に賛同する。それなのに、肝心の桐嶋がそそくさと氷川の背後に回り、滑稽《こっけい》なぐらい甘い声で懇願した。

「姐さん、舎弟の一生のお願いや、弓削との話し合いについてきてぇや。姐さんがおらへんとあかんわ」

桐嶋のお願いに戸惑ったものの、氷川に拒む理由はない。笑顔で了承しようとしたが、鋭い目をさらに鋭くした清和に阻《はば》まれた。

「俺の女房は連れて帰る。これ以上、関《かか》わらせない」

リキや祐も口にこそしなかったが、厳しい目で桐嶋を威嚇した。清和に忠誠を誓う彼らにとって、氷川は命に換えても守らなければならない存在だ。今回、二代目姐として遇している氷川を連れ去られたことは、単なる不始末でもなければ大失態でもない。組の威信に関わる大問題なんてものでもない。それら以上だ。

桐嶋は膝《ひざ》を屈《かが》め、華奢《きゃしゃ》な氷川の背中に隠れるようにして、凄《すさ》まじい迫力を漂わせている清和に答えた。

「眞鍋の二代目組長、そないに睨《にら》まんとってぇや。俺、実は姐さんの舎弟にしてもろたんや。せやから、姐さんにも弓削に会《お》うてほしいんや」

数時間前、氷川は「舎弟にしてください」という突拍子《とっぴょうし》もない申し出を桐嶋から受けた。もちろん、氷川は桐嶋を舎弟にした覚えなどないが、どうしたって憎めない男なのだ。眞鍋組随一の鉄砲玉と評判のショウこと宮城翔《みやぎしょう》にどこか似ているからかもしれないが、自分でも不思議なくらい、氷川は桐嶋に情が湧《わ》いていた。

そんな氷川の心の変化に気づいているのか、気づいていないのか、どちらかはわからないが、清和は地を這《は》うような低い声で桐嶋に凄《すご》んだ。

「いい加減にしろ」

清和と桐嶋の間にピリピリとしたものが走る。リキや祐の周りの空気は一段と冷たいものになった。ゴジラと称された無敵の京介《きょうすけ》に押さえ込まれていなければ、血気盛んなショウは桐嶋に殴りかかっていただろう。

氷川が険しい顔つきの清和を宥《なだ》めようとした時、ふっと息を吐いた桐嶋が頭を搔《か》きながら口を開いた。

「俺、腹芸とか？　そういうのがめっちゃあかんのでぶっちゃけトークでいかせてもらいまっせ。眞鍋の二代目組長、大事な姐さんが手元に戻ったんや、これで気兼ねなく藤堂に命知らずのヒットマンを送りこめんな。藤堂を許す気なんてないやろ」

桐嶋が単刀直入にズバリと切り込んだが、清和は表情をまったく変えない。けれども、氷川には清和が何を考えているのか手に取るようにわかった。桐嶋の言う通り、清和は宿敵を抹殺するつもりだ。氷川は清和の苛烈《かれつ》さを恐れつつも、彼の鍛え上げられた身体《からだ》にぎゅっとしがみついた。

「……清和くん」

氷川が独り言のように漏らした呼びかけに対する清和の返事はない。清和の腹心たちも誰ひとりとして口を挟もうとはしなかった。常日頃、氷川の前では抑えている清和の気性の激しさをよく知っているからに違いない。

「姐さん、俺はどうなってもかまへんから藤堂を助けてぇや。こうしてるうちにも、姐さんの大事な清和くんは藤堂を殺す。上手くいくまで、俺と一緒にいてぇな。眞鍋の二代目を抑えられるのは姐さんしかおらへん」

桐嶋の切羽詰まった声が、氷川の心に突き刺さった。藤堂を助けたいという桐嶋の一心は氷川にも痛いほどわかる。いくら藤堂が許《ゆる》し難《がた》い男でもだ。

「……その、桐嶋さん」

「姐さん、眞鍋の昇り龍の噂《うわさ》は西にも流れとるんやで？　死んでも敵にしたらあかん男や。一度でも牙《きば》を剝《む》いたら必ずやられる。二代目の頭の中には藤堂を消すことしかあらへん」

氷川が桐嶋に言葉を向けようとした時、祐が柔らかな口調で言った。

「桐嶋さん、昇り龍ではなく、俺を信じてくれませんか？　今回の指揮を任されているのは俺です。桐嶋さん次第で藤堂組長の命は保証します」

花が咲いたように微笑《ほほえ》んだ祐は、どこからどう見ても指定暴力団の構成員には見えなかった。身長があるので女性に間違えられることはないが、身体つきはほっそりとしているし、顔立ちは喩《たと》えようもないほど甘くて優しい。

桐嶋は祐の言葉を聞いて、顔を派手に引《ひ》き攣《つ》らせた。単細胞という形容がしっくり馴染《なじ》む桐嶋だが、底の知れない祐の能力に気づかないほど馬鹿《ばか》な男ではない。

「おいおいおいおい、俺はいやというほどヤクザっちゅうもんを知っとる男やで？　ジブンも可愛《かわい》い顔をしてきっつい奴やろ？　純朴な男を手玉に取るなんて朝飯前やろな」

桐嶋の口から漏れた一言に、祐は綺麗《きれい》な目を丸くした。

「誰が純朴な男なんですか？」

「目の前におるやんけ」

桐嶋は長い指で自分の顔を指して、誰が純朴な男であるか示した。当然ながら、誰も賛同しない。氷川も桐嶋には情が湧いていたが、純朴という言葉には賛成しかねた。

「……不毛な言い合いをしている場合ではありませんね。仕方がない、弓削との話し合いはうちのNo.2に行かせましょう。桐嶋さんは組長と姐さんとともに眞鍋のシマで待機していてください。それでいいですね？」

祐が新しい提案を出すと、桐嶋は澄んだ目を曇らせた。

「……そんなん」

祐はゆっくり歩み寄ると、桐嶋の肩を軽く叩《たた》いた。

「安心してください。うちの組長の弱点を知っているでしょう？　藤堂にヒットマンを送らないで、と姐さんに頼んでもらえばいいんです」

祐の言い草に清和は切れ長の目をきつく細めたが、何も言わなかった。おそらく、祐も今の状況で藤堂に刺客《しかく》を送りたくないのだ。時に清和の熾烈《しれつ》さは収拾のつかない凄絶《せいぜつ》な修羅《しゅら》へと進みかねない。当然、清和も祐の真意を汲《く》み取《と》っている。

「姐さん、組長に頼んでぇや。藤堂にヒットマンを送ったら浮気する、って。もう二度とえっちさせたらへん、っても言うてぇな」

口にしたセリフはいつもの調子だが、桐嶋は縋《すが》るような目をしていた。清和を止めることができるのは氷川しかいないと、桐嶋もよくわかっているのだろう。

氷川は自分が言うべき言葉を口にした。

「清和くん、お願いだから藤堂さんにヒットマンを送らないで。藤堂さんのバックにはあの長江組がいるんだよ。藤堂さんが殺されたらきっと黙っていないよ？　血腥《ちなまぐさ》い抗争にはしないって約束したよね？」

氷川は広い清和の胸に顔を埋《うず》めた。険しい顔つきの清和から返事はないが、氷川の言葉が届いていることは間違いない。

「清和くん、藤堂さんは引退させればいいんだ。それですむんだからね。ヒットマンを送らないで」

「…………」

無言の清和から頑《かたく》ななまでに強い意志を氷川は感じる。藤堂に対する清和の怒りは尋常ではない。

「清和くん、僕のお願いを聞いてくれないの？」

思わず、氷川は清和の広い胸を叩いてしまった。語気は荒くなったし、目は自然に潤んだ。

名うての昇り龍は己の妻の涙に弱い。今にも泣きだしそうな氷川に清和は負けた。

「……わかった」

渋々ながらも承知した清和に、氷川はほっと胸を撫《な》で下《お》ろす。清和の怜悧《れいり》な横顔から藤堂に対する殺気は消えていた。

「清和くん、ありがとう」

氷川が清和の顎先《あごさき》に触れるだけのキスを落とした時、ホストの京介に一撃で倒された眞鍋組の若い組員が床で苦しそうに呻《うめ》いて意識を取り戻した。

「……う……痛、あれ？」

ずっと捜し回っていた桐嶋が清和の前に悠然と立っているので、口をポカンと開けたまま固まった。毒気を抜かれたような顔の組員もいる。

祐は周囲を見回してから、ショウを押さえ込んでいる京介に声をかけた。

「京介、リキさんに同行してほしい。弓削とは予定の場所で会わないでくれ」

「祐さん、高くつきますよ？」

京介が勤めているホストクラブ・ジュリアスのオーナーは清和の義父《ちち》である橘高正宗《まさむね》に深く心酔しているので、よほどのことでない限り眞鍋組に対する協力を惜しまない。今回も事態を重く見たオーナーの絶対的な命令で、京介は眞鍋組に協力した。

しかし、氷川が無事に保護されて、桐嶋の利用価値が認められた今、これ以上、京介は眞鍋組に関わりたくなかった。清和を筆頭に幹部たちの眞鍋組への勧誘が煩《わずら》わしいからだ。

当然ながら、この場所にいる誰もが京介の気持ちに気づいている。

「眞鍋組の最高幹部として迎える。これでいいだろう」

祐も京介の心の内を知っていながら、優美な微笑で今回の労働に対する報酬を述べた。

京介の華やかな美貌《びぼう》が曇り、身に纏《まと》っていた空気もどんよりと重くなる。もうそういった勧誘の言葉を聞くことすらいやなようだ。

「それは褒美じゃありません。断固として拒否します」

予想通りの京介の反応に祐は軽く笑いながら、新たな報酬を口にした。

「落ち着いたら、リシャールを入れてやる。シャンパン・タワーのほうがいいか？」

ホストにとってリシャール・ヘネシーや、グラスを積んで作ったタワーの上からシャンパンを注ぐシャンパン・タワーは特別なものだ。カリスマホストとしてもてはやされている京介にしろ、そうそう無視できるものではない。

「祐さん、うちにいらっしゃる時は組長をおいてきてください。姐さんに怒られますから」

京介を口説くためだったが、ホストクラブ・ジュリアスに足を運んだ清和に嫉妬《しっと》の炎を燃え上がらせたのはほかでもない氷川だ。嫉妬深い氷川の性質を知っている祐は、神妙な顔つきで頷いた。

「わかった」

京介から視線を氷川に流して、祐は深々と頭を下げた。

「姐さん、安心してください。姐さんの大事な組長をホストクラブに連れていったりしませんから」

面と向かって頭を下げられるとなんとも面映《おもは》ゆいが、美男子が侍《はべ》るホストクラブへ清和が遊びに行くなど、氷川にしてみれば笑って許せるものではない。それでも、血で血を洗う抗争などに命を削るのならば、ホストクラブで若い美男子と遊んでもらうほうがましだとすら思うようになった。自分の気持ちを持て余している氷川は小さな溜《た》め息《いき》をつくと、清和のシャープな頰《ほお》を軽く撫でた。

渋面《じゅうめん》の清和は無言で立っているだけだ。

「もうひとつ、うちの№2がリキさんにご執心です。ぜひ、リキさんもご一緒にお願いします」

京介は意味深な笑みを浮かべると、無表情で佇《たたず》んでいるリキにウィンクを飛ばした。ホストクラブ・ジュリアスの№2は、売上は京介に遠く及ばないが、すでに業界ではカリスマホストのひとりとして数えられている。京介とはまた雰囲気の違う若い美男子で、彼に夢中になっている女性は数えきれない。氷川も京介と肩を並べている姿を車窓から見たことがあるが、人目を引く魅力的な青年だった。

「了解」

祐はおかしそうに笑うと、当事者であるリキの意向を確かめもせずに了承した。氷川はリキの顔をまじまじと見つめたが、ポーカーフェイスの彼から感情を読み取ることはできない。

桐嶋は口笛を吹いた後、リキに向かって楽しそうに言った。

「よっ、色男。クラブ・竜胆《りんどう》の奈美子《なみこ》ちゃんにクラブ・ドームの理恵子《りえこ》ちゃんに続いて、ジュリアスの№2まで泣かせたらあかんで。可愛がってやるんやで」

桐嶋に『色男』と冷やかされたリキは無言で聞き流しているが、満面の笑みをたたえた祐が鼓舞するように肘《ひじ》でつついた。潤いがいっさいないリキのプライベートには、祐もいろいろと思うところがあるらしい。清和はリキから視線を外した。

「桐嶋さん、リキさんが泣かせたのは奈美子さんと理恵子さんだけじゃありませんよ。バスト百センチの美女も某クラブのチーママも某ファッションモデルもショウが狙《ねら》っていたタレントの卵もフりました」

京介が何を思ったのか不明だが、リキに魅《ひ》かれたものの報われなかった女性たちを軽快な口調で羅列した。

「なんでフるんや。でも、一度ぐらい味見はしたんやろな？」

「まさか、リキさんはいつもその場でフっています」

京介の口から出たリキの行動は、桐嶋の顎を外させるものであった。

「な、なんでそないに勿体《もったい》ないことをするんや？　たとえ付き合う気がのうても一度ぐらい味見をしておくのが男やろ？　なんでヤらへんのや？　アホなんてもんちゃうで？」

桐嶋はリキを真正面から堂々と『アホ』と称したが、清和を筆頭に眞鍋組の面々の機嫌を損ねた様子はない。きっと、桐嶋と同じ気持ちなのだ。部外者である京介は楽しそうに眞鍋の裏側を暴露した。

「みんな、陰でそう言っています」

「そうやろなぁ」

「据《す》え膳《ぜん》食わぬは男の恥、ってよく聞くんですけどね」

京介は色恋営業をしないカリスマホストで、今まで女性客の誘惑に乗ったことは一度もない。客以外の女性からの誘惑も星の数ほどあるが、いつも感心するぐらい綺麗に躱《かわ》している。リキとは置かれている立場も状況も違うが、据え膳に手をつけないという点は同じだ。ホストは女性に夢を売る職業だと、京介はストイックに己を律しているらしい。

「もしかして、どっかおかしいんか？」

桐嶋が爆弾発言をしたが、京介はリキを自分に置き換えているのかやけにしみじみとした声音で言った。

「据え膳を食わなかったらそう言われるんですよね」

「だって、そうやろ」

それ以外に何がある、と桐嶋は不思議そうに呟《つぶや》いた。桐嶋がストイックな京介やリキを理解することは永遠にないかもしれない。

いたたまれなくなったというわけではないだろうが、終始無言だったリキが初めて口を挟んだ。

「こんなことをしている場合ではないだろう」

リキの言う通り、悠長なことをしている場合ではない。桐嶋と京介は顔を見合わせて二ヤリと笑うと、それぞれ大きく頷いた。

「清和くんなら誰もフったりしないで、どの女性も相手にしていたんだろうね。リキくんは真面目《まじめ》ないい子なんだね」

　心の中で言ったつもりが、無意識のうちに氷川の上品な唇からポロリと零《こぼ》れた。聞きかじっただけでも、来るもの拒まずの清和の過去の女性関係はなかなか派手だ。据え膳を食べただけだと誰もが口を揃《そろ》えるが、氷川にしてみれば面白いわけがない。据え膳を食べなかったリキを褒めてしまう。

「ひっ……」

　嫉妬深い氷川に振り回されてきたショウは、真っ青な顔で低い悲鳴を漏らした。今にも倒れそうだ。

　清和は怯《おび》えたりはしなかったが、氷川の視線から逃れるように傍《かたわ》らに立つリキをじっと見つめた。暗に助けを求めたのだろう。

「姐さん、車のほうに」

　ここで氷川に妬《や》かれてはたまらないと思ったのか、リキが玄関のドアを指した。すかさず、清和に優しく肩を抱かれて氷川は歩き始める。

　いつの間にそんなに時間が経《た》っていたのか、辺りは茜色《あかねいろ》に染まっていた。秋の風が氷川の白い頬を優しく撫でる。

サメと呼ばれている清和の舎弟の瀟洒《しょうしゃ》な一軒家の前には、眞鍋第三ビルの駐車場に並んでいる高級車が何台も停《と》まっていた。

「お疲れ様です」

「姐さん、ご無事で何よりです」

外で待機していた若い構成員たちが、清和と氷川の顔を見た途端、車から出て頭を下げる。体格のいい構成員や髪の毛を銀色に染めた構成員は、氷川の姿を見ると涙ぐんだ。

「組長、姐さん、行ってまいります」

リキは清和と氷川に挨拶《あいさつ》をした後、祐に声をかけた。

「祐、俺がいない間、組長と姐さんを頼んだぞ」

「任せてください。リキさんの信用を失うようなことはいたしません」

リキは祐の返事を聞いてから、京介とともにアメリカ・ミッドサルーンの代表のようなクライスラーの３００Ｍに乗り込んだ。運転席に座ったのはリキだ。

影のようにいつも清和に寄り添っているリキがいないと一抹の不安を感じないわけではないが、氷川が口にすべきことではない。氷川は影のいない清和に寄り添って、リキと京介を乗せたクライスラーの黒い３００Ｍを見送る。

氷川はふと抱いた疑問を隣に立つ清和に投げかけた。

「清和くん、どうしてここだってわかったの？」

まさか眞鍋組の幹部であるサメの家にいるとは思うまい、という京介の目論見《もくろみ》は外れてしまった。氷川は眞鍋組の機動力に舌を巻くばかりだ。

「京介にやられた、とショウから連絡が入った」

「それだけでここだってわかったの？」

一筋縄ではいかない京介の性格を、清和や眞鍋組の幹部たちは考慮して狙いを定めたのだ。

「ああ」

氷川は知略を尽くして戦う戦国武将を見ているような気分になってくる。

「……そうなのか」

清和はサメが別れた恋人と暮らしていた瀟洒な一軒家を見上げると、問題にするほどのこともないように言った。

「あの場合、俺でもここに逃げ込むと思う」

「清和くんもか……」

氷川も釣られるようにして、黄昏色《たそがれいろ》に染まった屋根を見上げた。どこか寂しい空気が流れているのは気のせいではないだろう。

2

組長である清和《せいわ》と氷川《ひかわ》が乗る車ならば、眞鍋《まなべ》組随一の運転技術を誇るショウが運転席に座る。これは今さら話し合う必要もない眞鍋組のお約束だ。しかし、いつ頭に血が上るかわからないショウを桐嶋《きりしま》のそばに置くのは危ない。

「ショウと桐嶋さんを同乗させるのは危険ですから、俺が運転させていただきます」

祐《たすく》がハンドルを操るジャガーの黒いXJで、氷川と清和は眞鍋組が支配する街に向かう。助手席には包帯が取れかかった桐嶋が座っていた。

「桐嶋さん、向こうについたら改めて傷の手当てをさせてね。……ううん、僕じゃなくて外科の先生に診《み》てもらったほうがいいかな」

医者である氷川にしてみれば、桐嶋の怪我《けが》の状態が気になって仕方がない。

「おおきに」

桐嶋は前を向いたまま軽快な口調で礼を言った。それから、耳を澄まさないと聞こえないぐらいの声でボソっと呟《つぶや》いた。

「組長、心配せんでも姐《あね》さんにはなんもしとらへんで？　挨拶《あいさつ》のちゅうもしとらへん」

桐嶋の言葉を聞いて、氷川は驚きのあまり瞬《まばた》きを繰り返した。隣に腰を下ろしている清和の表情はまったく変わらないが、氷川にはなんとなくわかる。清和は桐嶋の言葉に動じていた。秘めておきたい内心を桐嶋に見透かされたので動揺したのだろう。

妻と遇している氷川を評判の竿師《さおし》に拉致《らち》されたうえ、いつの間にか親密になっているのだから、疑うなというほうが無理かもしれない。

けれども、氷川にしてみれば心配無用だ。馬鹿馬鹿《ばかばか》しくて怒る気にもなれなかった。

「清和くん、そんなことを気にしていたの？　桐嶋さんがなんかしていたら、僕は傷口に塩をすり込んでいるよ。第一、桐嶋さんを庇《かば》ったりしない」

氷川が惚《ほう》けた顔で言うと、清和は切れ長の目をすっと細めて重い口を開いた。

「気にしていたわけじゃない」

日本人形のような外見を著《いちじる》しく裏切る氷川の性格を、清和はいやというほど知っているので、疑念を抱いていたわけではないようだが、桐嶋の竿師としての評判が評判だけに引っかかっていたのだろう。十九という若さが、そうさせているのかもしれない。男心もいろいろと複雑だ。

「組長にとってそれだけ可愛《かわい》い姐さんなんやろな」

桐嶋はどこか遠い目をして清和の氷川に対する想いを語ったが、その口調には喩《たと》えようのない哀愁が込められている。可愛い姐さんというフレーズに己の過去を重ねているのに違いない。かつて桐嶋は仕えていた長江《ながえ》組の大原七松《おおはらななまつ》の妻に乱暴したとして破門されたが、それはすべて事実無根の大嘘《おおうそ》だった。大原の妻である美玖《みく》が自分に靡《なび》かない桐嶋に腹を立て、こともあろうに罠《わな》にはめたのだ。清和の隣に立つ者として、氷川は大原の妻の取った行動が許せない。

祐はハンドルを左にゆっくり切ると、なんでもないことのように桐嶋に尋ねた。

「俺はうちの組長ほど姐さんを大事にしている男を知りません。桐嶋さんはご存じですか？」

「……そやなぁ、長江組系雅良会《まさらかい》の会長も姐さん一筋やで」

桐嶋の脳裏には大原と美玖が間違いなく浮かんでいるはずなのに、その名を口にしない。一生を捧《ささ》げるつもりで杯《さかずき》を交わした大原のために、桐嶋は汚名を被《かぶ》り続《つづ》けるつもりだ。桐嶋の身に熱い血潮が流れていることを氷川は知っているし、祐もちゃんと気づいている。

「大原組長も姐さんを大事にしているとお聞きしますが、甘やかすだけで教育はされないんでしょうか？　また姐さんに手を出して破門される男が出るかもしれない。桐嶋さん、そう思いませんか？」

祐はいつもの柔らかな声音でズバリと核心をついた。

「……ん、綺麗《きれい》な姐さんやったからなぁ。ああ、そりゃ、眞鍋の姐さんのほうが綺麗やけどな。……おお、むっちゃ可愛い姉ちゃんとダイナマイトバディの姉ちゃんが歩いとうで。ナンパせえへんか？」

桐嶋は車窓に視線を流して話を逸《そ》らそうとしたが、そんなことで祐を誤魔化《ごまか》すことはできない。

「今時、桐嶋さんのように黙って汚名を被ってくれる若いヤクザなんていないと思いますけどね。大原組長の面子《メンツ》のためにも、今のうちに何か手を打ったほうがいいと思いませんか？」

国内最大の広域暴力団・長江組の組長である大原を悪く言う者はいない。東の極道の間でも大原の漢《おとこ》ぶりは有名で、眞鍋組の中でも尊敬する組員は多かった。だが、桐嶋が破門にされた原因の真相が発覚したら、大原の名は地に墜ちるかもしれない。

「……祐ちんや、ジブン、男とは思えんほど可愛いなあ。俺の商売道具が疼《うず》いてきよったわ。眞鍋の組長に倣《なら》って男の嫁さんていうのもええかもしれへんな。どや、俺の嫁さんにならへんか？」

桐嶋は爽《さわ》やかな笑顔を浮かべると、祐の横顔に向けて唇を突きだした。軽快なキスの音が祐の頬《ほお》と唇で二度鳴る。

突拍子《とっぴょうし》もないキスシーンを目の当《ま》たりにして氷川は驚いたが、当の本人である祐に動揺はまったくなかった。

「桐嶋さん、話を誤魔化すのが下手ですね」

祐が呆《あき》れたように言うと、桐嶋はなんとも形容し難《がた》い顔で頭を掻《か》いた。

「ん……本気や、本気で俺の嫁さんにどうや？　俺も誠実が服を着ているような男やから浮気は死んでもせえへん。綺麗な祐ちんだけを大切にすんで」

「西で№1の竿師は女専門だとお聞きしていますよ。嘘をつくならもうちょっとマシな嘘をついたらどうですか？　もし俺が嫁さんにしてくれと言ったらどうします？　その場合、仲人は眞鍋の二代目組長夫妻ですから逃げられませんよ」

祐が苦笑を浮かべながら言うと、桐嶋は楽しそうに高らかに笑った。

「おう、任せとき、俺の大事な一人息子で朝も昼も晩も腰が抜けるほど可愛がってやんで。俺はこれだけは誰にも負けへんからな」

その行為を表現しているのか、桐嶋の左右の指が複雑でいて卑猥《ひわい》な動きを見せた。

「……ショウと話しているような気分になってきた」

氷川が桐嶋に抱いた心情を、祐も切々とした調子で吐露した。清和も同意しているのか、視線が心なしか宙を彷徨《さまよ》っている。

「ショウってあの鉄砲玉やな。やられてもやられても起き上がるあのタフさはごっついで。あないな奴、見たことない」

尋常ならざるショウのしぶとさを思い出しているのか、桐嶋は腕組みをして何度も頷《うなず》いた。

「ああ、ショウは不死身のゾンビ……と、あいつは何をしているんだ？」

前方を走っていたロータスのエキシージがいきなり停車したかと思うと、運転席からショウが飛び降りた。そして、ビルとビルの間を脇目《わきめ》もふらずに走っていく。向かった先には藤堂《とうどう》組の若い構成員たちの集団がいた。

「ショウくん……」

氷川は車窓から見える光景に息を呑《の》んだ。たったひとりで敵の中に飛び込むなど、自殺行為に等しい。

「聞きしに勝る鉄砲玉やな」

桐嶋が感心したように言うと、祐は綺麗な顔を歪《ゆが》めてがっくりと肩を落とした。

「ここに姐さんがいるのに……」

何よりも守らねばならない氷川の存在を忘れたわけではないだろうが、藤堂組の構成員たちの姿を見た途端、ショウの身体《からだ》は動いたのだろう。鉄砲玉の鉄砲玉たる所以《ゆえん》だ。

ほかの車から清和の舎弟たちが次々に降りて、ショウの加勢に向かう。瞬《また》く間《ま》に、眞鍋組と藤堂組の大乱闘が始まった。止める者は誰もいない。

「組長、どうします？　今後のことがありますから、俺としては大事になる前にショウを連れて帰りたいんですが？」

祐はブレーキを踏んで車を停車させたが、いつこちらに火の粉がかからないとも限らない。

清和は藤堂組のチンピラを壁に叩《たた》きつけたショウを見つめたまま答えた。

「俺もショウを連れて帰りたい」

ショウは目を瞠《みは》るほどの速さで藤堂組の構成員を倒していくが、いかんせん、相手の数が多すぎる。

「あ～俺も加勢したほうがええんかな」

桐嶋がロックに手を伸ばしたので、祐は首を軽く振った。

「お気持ちだけいただいておきます」

祐は陰からガードしているサメに連絡を入れて、手短に話し合った。何よりもまず優先させなければならないのは氷川の安全だ。

「ショウをおいていきます」

祐は一言断ってから、アクセルを踏んだ。

「ショウくんたちをあのままにしていいの？」

大乱闘を繰り広げている舎弟たちを捨てていくとは思わなかったので、氷川は目を大きく見開いて祐に尋ねた。

「宇治《うじ》がいるでしょう。ショウと宇治、あのふたりがいたらそうそう負けることはありません」

祐は周囲に気を配りながら車を走らせる。無言の清和も辺りに注意を払っているようだ。

「ああ、ゴジラの京介《きょうすけ》には敵《かな》いませんでしたが、あいつらは眞鍋組きっての精鋭です。心配いりません」

「そうなの？　でも……」

氷川と清和を乗せたジャガーの黒いＸＪは黄昏色《たそがれいろ》に染まった街を通り過ぎ、大型トラックが猛スピードで飛ばしている国道に入った。それから、ビルが競うように立ち並ぶ街を走る。眞鍋組のシマが目と鼻の先に迫った頃、祐が独り言のようにポツリと漏らした。

「今日は人通りが少ない……寂しいな」

「そうだな」

祐に清和が同意した時、ところどころ壁が剝《は》げかかっている古いビルの前に差しかかった。どの窓も閉じられている。いや、一階の端《はし》の窓が少し開いていた。

その瞬間、清和は氷川を抱え込んで凄《すご》んだ。

「祐、ヒットマンだ」

祐が慌ててハンドルを左に切ったが、氷川と清和を乗せたＸＪのタイヤが撃ち抜かれた。古いビルの一室からサイレンサーで狙《ねら》われたのだ。

「すみません」

祐の口から謝罪が漏れるや否《いな》や、どこからともなく現れた何台もの車とバイクに取り囲まれる。あっという間の出来事だった。

氷川は清和の腕の中で固まっているだけだ。

「こんなところで仕掛けてくるなんて藤堂もいい度胸です。本部から応援を……呼んでいる暇はないかもしれません」

祐はバックミラーに視線を流して、大きな溜《た》め息《いき》をついた。ショウめ、と忌々《いまいま》しそうに呟く。こういう時のためにショウのような男が必要なのだ。必要としている時にいないのだから、その苛立《いらだ》ちは隠しようもない。それでも、冷静に携帯でサメに連絡を入れた。

「清和くん？」

氷川が顔を青褪《あおざ》めさせると、ネクタイを外した清和はいつもより優しく言った。

「先生は何も心配しなくてもいい」

「せ、清和くん、ひとりでどこに行くつもり？」

氷川は清和の上着の袖《そで》を摑《つか》んで、首を大きく振った。清和がどのような世界で生きている男か知っているが行かせたくはない。ひとりで飛び込もうとしているのならなおさらだ。

「組長、俺が行こうか？　ざっと見積もって最低でも二十人はいると思うで？　こないな場所やから藤堂組の奴らやのうて、金で雇われた奴らやろうな。凄腕《すごうで》がおるかもしれへん。そっちのほうがヤバいで」

周りを取り囲んでいる車から、何人もの若い男が出てきた。彼らの手には刃物が握られている。競うように凄《すさ》まじい勢いで車を蹴《け》りだした。

「怪我人は引っこんでろ」

清和はいつもの調子で桐嶋の助《すけ》っ人《と》を断った。ただ、桐嶋の気持ちをちゃんと受け取ってはいる。

「俺を信用してくれたんか？　組長がやり合っている間、姐さんを連れて逃げるかもしれへんで？」

もし、桐嶋がその気ならば、清和の目が届かなくなった瞬間、氷川をさらって逃げることは充分可能だ。氷川のガードとして車中に残る祐は、自分でも認めているが実戦向きではない。たとえ桐嶋が傷を負っていても、非力な祐が敵わないことは明白だ。

「俺を怒らせたらどうなるか、お前はよくわかっているはずだ」

やけに穏やかなせいか、清和の迫力はいつにもまして凄まじい。

もっとも、数多《あまた》の修羅《しゅら》を乗り越えてきた桐嶋は、不夜城の主《あるじ》という名を背負う清和の迫力に怯《おび》えたりはしなかった。

「その場で藤堂にヒットマンを送るんか？　組長やったら命令してればええんやもんな……っと、もしかして、藤堂組の内部に眞鍋のスパイが潜んどるんか？」

喋《しゃべ》っている途中で思い当たったのか、桐嶋の顔は一瞬にして青くなる。清和は悠然とした態度で桐嶋の言葉を肯定した。

「ショウより少しは頭が回るようだな」

「藤堂の内部に眞鍋のスパイがおるんかい。そりゃ、いつでも藤堂の首を取れんな。……まさか、藤堂組に期待の新人がひとりおるけど、そいつか？　……そうやったら、藤堂はむっちゃ哀れやで？　期待して可愛がっとるんやで？」

桐嶋がお手上げとばかりに髪の毛を両手で掻《か》き毟《むし》ると、運転席に座っている祐がサイレンサーの銃口を向けた。そして、にっこりと優しく微笑む。

「組長、ビルにいたヒットマンは先ほどサメさんの舎弟が仕留めたそうです。ほかにも隠れている可能性がありますから調べるそうです」

車の周りを取り囲んでいる男たちは銃を所持していない、というサメの見解も祐は付け加えた。

「桐嶋、祐の隣でおとなしくしてろ」

清和は桐嶋に真上から叩きつけるように言うと、黒いスーツの上着を脱ぎ捨てて、藤堂組の関係者が待ち構えている車の外に出た。今にも泣きだしそうな氷川の顔を見るのが辛《つら》いのか、若い彼は一度も視線を合わせようとはしなかった。

清和が車外に出た途端、刃物を手にした若い男たちは襲いかかっていった。ターゲットは言うまでもなく、眞鍋組の頂点に立つ清和だ。

「清和くんっ」

氷川は車窓に両手をつけて、誰よりも愛《いと》しい男の名を呼んだ。もちろん、清和に氷川の声は届かない。けれども、まるで氷川の声が届いているような表情を浮かべて、清和はジャックナイフを振り回す男を蹴り飛ばした。続いて、棍棒《こんぼう》を手にした男の鳩尾《みぞおち》に固く握った拳《こぶし》を入れる。

「さすが、一発でのしてくな」

桐嶋は一撃で敵を倒していく清和に惜しみない称賛を送ったが、氷川は生きた心地がしない。何しろ、目の血走った男たちが清和を狙って取り囲んでいるのだから。

清和がコンクリートの地面に三人目の男を転がした時、改造車の背後からサメが現れてスキンヘッドの大男の急所を蹴り上げた。

藤堂組の関係者たちは新たな敵の出現に浮き足だつ。

「……サメくん」

どこか普通のサラリーマンのような雰囲気が漂っているサメの強さに、氷川は黒目がちな目を大きく見開いた。

「サメ……やっぱ外人部隊にいただけはあるな」

桐嶋がポロリと漏らしたサメの過去に、氷川は度肝を抜かれた。

「サ、サメくんが外人部隊？　外人部隊ってあの外人部隊のこと？　フ、フランスだったっけ？」

特殊かつ閉鎖的な世界で生きているせいか、世間的なことに些《いささ》か疎《うと》いとはいえ、氷川も外人部隊について聞いたことはある。

「そや、フランスのあの外人部隊のことや」

ボンジュール、コマンタレブ、トレビアン、と桐嶋は自分が知っているフランス語を関《かん》西弁訛《さいべんなま》りの発音で羅列する。

祐は携帯でリキに連絡を入れていたが、氷川と桐嶋の話もきちんと聞いているようだ。しかし、口を挟もうとはしなかった。

「サメくんはどうしてそんなところにいたの？」

氷川にしてみればヤクザは遠い世界の存在だったが、外人部隊はさらにまた日常から果てしなくかけ離れた世界のものだ。第一、どこか飄《ひょうひょう》々としたサメと外人部隊なるものが結びつかない。

「そないなこと、俺に聞かれても困るがな」

もっともなことを桐嶋に言われて、氷川も唸《うな》ってしまった。

「……ん、そうだね」

地味な色のスーツに身を包んだサメの舎弟がふたり、古いビルから出てきた。平凡なサラリーマンのような風貌《ふうぼう》をしているがふたりとも強く、藤堂組の関係者を一撃で倒していく。形勢は一気に逆転したようで、祐は安堵《あんど》の息を吐いた。

　氷川も清和の表情に余裕を読み取ったが、まだ安心はできない。だが、桐嶋は安心しきったらしく、ふんふんと鼻歌を歌いつつ言葉を続けた。

「そうやろ。サメちゃんの脳内に潜り込むなんていくら俺でもできへん」

「……っと、そもそも、どうして桐嶋さんはサメくんの過去まで知っているの？」

　氷川が車窓から見えるサメと桐嶋を交互に見つめながら尋ねると、あっけらかんとした答えがあった。

「そりゃ、藤堂が必死になって調べとったから」

　清和が藤堂について調べ上げたように、あちらも同じことをしたのだ。戦う相手を知らずして勝利はありえない。氷川は妙に納得してしまった。

「そっか……」

「確か、眞鍋の組長の弱点が何か、死に物狂いで探しとったぜ」

　今ではもう藤堂の取るに足りないチンピラでさえ、清和の弱点がなんであるか知っている。

　氷川はなんともやるせない気持ちで、無精髭《ぶしょうひげ》を生やした大男を地面に叩き伏せた清和を見た。逃げようとする男の長い髪の毛を後ろから掴むと、固いブロック塀に叩きつける。暴力的な清和をその目で見ても、恐怖心や嫌悪感《けんおかん》は微塵《みじん》も湧《わ》かない。ただただ、切なさと愛しさが募る。

「姐さん、そんなに辛いのでしたら、もう見ないでください。組長が戻ってきて泣くのは控えてくださいね。守ってくれてありがとう、と言ってキスぐらいしてあげてください」

祐に宥《なだ》められるような声音で、氷川は声をかけられた。

「ん……」

氷川が言《い》い淀《よど》んだ時、桐嶋が座っている助手席の車窓がけたたましい勢いで叩かれた。桐嶋に向けられたものだろう。

「なんや？　いい度胸やんけ」

好戦的な笑みを浮かべた桐嶋がドアを開けようとすると、険しい顔つきの祐が大声で叫んだ。

「桐嶋さん、開けないでください」

祐のサイレンサーの焦点は、桐嶋ではなくスモークガラスの向こう側にいる男に合わせられている。

一瞬、車内に沈黙が流れた。

氷川は人形のように固まったまま、銃口が向けられている車窓を見つめる。

すぐに、ピンと張りつめた緊張を桐嶋が破った。

「……ああ、終わったようやで」

桐嶋の言葉通り、清和を狙っていた男たちはそれぞれに逃げていった。血塗《ちまみ》れの地面には、清和を狙ったジャックナイフと棍棒が落ちている。助手席の窓を叩いたプロレスラーのような大男は、サメに襟首を摑まれていた。

氷川はいてもたってもいられなくて車から出ると、額に噴きでた汗を手で拭《ぬぐ》っている清和の元に駆け寄る。

「清和くんっ」

氷川は愛しい男の広い胸に飛び込んだ。すぐに逞《たくま》しい腕に抱き締められる。氷川を守りたがっている腕は温かくて気持ちがいい。

「すまない」

「清和くんが無事ならいい」

清和が負傷した気配がないので、氷川はほっと胸を撫《な》で下《お》ろす。

祐とともに桐嶋も車から出てきた。すでに祐の手にサイレンサーはなく、清和のスーツの上着があった。

氷川の手で清和は上着を身につける。

「お客人、藤堂にとって桐嶋元紀《もとき》という竿師はどういう存在だ？」

サメは意味深な顔で、車から降りた桐嶋をまじまじと見つめた。

「……あ？」

「藤堂が竿師の商売道具を必要としているとは思わん。お客人にいったいどんな利用価値があるんだ？　うちにとっても最高の餌《えさ》になるのか？」

回りくどいサメの言い回しに、桐嶋は忌々しそうに舌打ちをした。

「ジブン、太平洋のサメか、大西洋のサメか、オホーツク海のサメか、どこで泳いどうサメか知らんけど、勿体《もったい》ぶらんとちゃっちゃっと言ってくれへんか」

「こいつらは金で藤堂に雇われた男らしい。若いのはワルの学生で、チャカを渡されたのが元浜松《はままつ》組のチンピラだ。ビルにふたり、隠れていた」

ふっ、と鼻で笑った後、サメはプロレスラーのような風貌の大男から手を離す。大男は低い呻《うめ》き声《ごえ》を漏らしながら地面に頽《くずお》れた。よく見ると、顔にはそれとなくあどけなさが残っている。

氷川にしてみれば学業が本分であるはずの青年に説教のひとつもしたいが、当然ながらそういう場合ではない。

「金で雇われた奴らだとは思っとったけど学生と元浜松組の混合チームかいな。元浜松組のチンピラはともかく、学生なんかをつこたんかい」

いくら不良とはいえ素人《しろうと》の学生を使った藤堂に、桐嶋は心を痛めていた。がっくりとうなだれている。

サメはそれ以上、藤堂が金で雇った男たちについて触れることはしなかった。清和と氷川を横目で見てから、トーンを落とした声で本題に切り込んだ。

「狙いはうちの組長でもなければ姐さんでもない。眞鍋組に拉致された桐嶋元紀、お客人だぜ？」

「……俺？　俺、藤堂に消されるようなことしたかな」

桐嶋は腕を組んで低く唸っているが、どこからどう見ても茶番劇だ。下手なんてものではない。腹芸が苦手だと自分で申告していたが、本当に直球勝負しかできないようだ。

「惚《とぼ》けるな、お客人を逃がすための襲撃だ」

囚《とら》われの身となっていても、奇襲をかければ桐嶋は隙《すき》を見つけて眞鍋から逃げだす、と藤堂は踏んだのであろう。察するに、あちらも手探り状態なのかもしれない。桐嶋の切実な本心に気づいていないことは確かだが。

「俺を逃がすんやったら、もうちょっと上手くやってくれへんかなぁ」

桐嶋はサメから視線を逸らして、楽しそうに笑い飛ばした。

「まあいい、こんなところで話し合っていても無駄だ」

サメは軽く息を吐くと、清和に視線を流した。

「組長、この距離ですし、歩いて行ったほうがいいです」

「ああ」

清和は低い声で返事をすると、氷川の肩を抱いて歩きだした。祐は桐嶋と肩を並べて進んだ。

開店前の準備に追われているバーのスタッフが両手に食材を詰め込んだ袋を提げて足早に歩いているし、フラワーショップのスタッフが開店祝いのスタンド花を抱えて配達先を確かめている。ホテルが密集している地域に向かってゆっくり進んでいる中年男性と若い女性もいた。ここではよく見かけるありふれた日常である。つい先ほどまでの命のやりとりが嘘のようだ。

氷川が見てもなんの異常も感じられないが、清和やサメ、祐や桐嶋も街の様子に神経を尖《とが》らせている。

酒屋の前でドイツビールのケースを積んでいた青年は、清和を見ると爽やかな笑顔で挨拶をした。

「お疲れ様です」

清和は酒屋のスタッフに挨拶代わりの会釈《えしゃく》を返す。

キャバクラやクラブが競うように入っているビルに、大きな氷を運ぼうとしている青年も清和にペコリと頭を下げた。

禍々《まがまが》しいネオンが輝く前の街は、どこか寂しくもあり慌ただしくもある。氷川は眞鍋組のシマに建つビルで暮らしているが、普段はそうそうこの界隈《かいわい》を歩き回ったりしない。眞鍋組の関係者だけでなく、一般人も清和に挨拶をした。清和が持つ影響力を如実《にょじつ》に表しているのかもしれない。

「ここ、ホテルが多いんだね」

そういったホテルが集まっている地域には独特の雰囲気が漂っていて、氷川はなんとも言い難い気分になってしまう。

「ああ」

「あっちのホテルもそっちのホテルも向こうのホテルも満室だ。不景気だっていうのにこういうホテルはいいのかな」

満室という表示のあまりの多さに氷川は驚いて、何度も瞬きを繰り返した。

「土曜日だからな」

清和はなんでもないことのように答えた。

「そっか……」

どこか異国の建物のような雰囲気を漂わせているホテルを通り過ぎると、ズラリと並んだホストの写真が氷川の視界に飛び込んでくる。ビルの一階がホストクラブになっているようだ。

「清和くん、このビルの一階と三階がホストクラブで二階と四階と五階がキャバクラなの？」

いかにもといったホストの写真が並んでいるそばで、綺麗に着飾った夜の蝶《ちょう》の看板が掲げられている。ビルのテナントに目を通して、氷川は唖然《あぜん》としてしまった。

「そうみたいだな」

「なんか、すごくない？」

医者という仕事上、それ相応の接待や付き合いがあったので夜の世界をまったく知らないわけではないが、不夜城を直視すると戸惑いは隠せない。

「そうか？」

「こっちのビルは、ホストクラブとキャバクラだけじゃなくてソープランドもランジェリーパブも入っている。それなのに、地下は喫茶店で一階はラーメン屋？　いったいどうなっているの？」

やたらとギラギラしているビルのテナントを見て氷川は口をあんぐりと開けたが、この界隈では珍しくもなんともない。清和は口を噤《つぐ》んだまま、守るように氷川の肩を抱いて目的地に進む。

ホストだとばかり思っていた写真の真実に気づき、氷川はふたたび声を上げた。

「……ここ、ホストクラブだと思ったらおなベバー？　この男の子は本当は女の子なの？」

答えたくないのか、答えられないのか、どちらかわからないが、清和は口を閉じたままだ。心なしか表情が強張っていて、凜々《りり》しいおなべたちの写真に一瞥《いちべつ》もくれない。

「女の子が男に……」

「………」

「まぁ、ニューハーフの店もあるんだからそうだよね」

氷川は自分で自分を納得させつつ、怜悧《れいり》な清和の横顔を眺めた。

背後では氷川と清和の会話に聞き耳を立てている桐嶋と祐が、楽しそうに喉《のど》の奥で笑っている。

『大人のおもちゃ』という看板を堂々と掲げている店から、若い男女のカップルが腕を組みながら出てきた。ダークグレーのスーツがしっくり馴染《なじ》んでいる若い男はどこからどう見ても平凡なサラリーマンだし、白い襟がついたベージュのツーピースに身を包んだ若い女性は虫も殺さないような風情を漂わせている。今時の若い女性には珍しく髪の毛を染めていないし、化粧も濃くない。男ならば妻にしたいと思うような清楚《せいそ》な美女だ。

「せ、清和くん、あんなおとなしそうな女の子が大人のおもちゃ？」

思わず、氷川は穴が開くほどまじまじと、アダルトショップから出てきた若い男女を見つめた。購入したと思われるアダルトグッズの袋は男が提げている。

清和は答えられないらしく氷川から視線を逸らしたが、後ろで聞いていた桐嶋が楽しそうに口を挟んだ。

「姐さん、人のことは言われへんで」

桐嶋の言葉に驚いて、氷川は大きく目を見開いた。

「桐嶋さん、なんで？」

「あんなおとなしそうな女の子がっちゅうの、あんなおとなしそうな姐さんが、っちゅうのと同じじゃないですか。姐さんが女やったら、たぶん、さっきのべっぴんさんみたいやったと思いまっせ。まず、日本の男で姐さんみたいなのが嫌いっちゅう男はおらへん」

桐嶋の言葉をすべて認めたわけではないが、確かに自分の容姿や雰囲気に向けられる形容は先ほどの女性と同じだ。

「僕は大人のおもちゃの店に入ったことないよ」

氷川は未《いま》だかつて大人のおもちゃなる店に足を踏み入れたことはないし、興味を抱いたこともない。この先、足を運ぶこともないだろう。氷川は無意識のうちに手を小刻みに振っていた。

「組長が大人のおもちゃの店に入りたいって言うたらどないします？」

ニヤリといやらしそうに笑った桐嶋に、氷川は意表を突かれたが、素直な気持ちを口にした。

「……そりゃ、清和くんが入りたいんならついていくけど」

「それと一緒やがな。組長が大人のおもちゃで遊びたいって言うたら、姐さんかてさせてやるやろ？」

氷川はニヤニヤしている桐嶋から、口を噤んでいる清和に視線を流した。

「……清和くん、大人のおもちゃで遊びたいの？」

清和は無言で視線すら合わせようとはしないが、氷川には若い彼が何を考えているのか手に取るようにわかった。

「せ、清和くん、大人のおもちゃなんかで遊びたいの？」

無言の清和に代わり、すべてにおいてオープンな桐嶋が代弁した。

「姐さん、男なんやから当然やろ」

氷川は大人のおもちゃなるものについて詳しくはないが、まったく知らないというわけではない。週刊誌に掲載されている男性向けの広告が、氷川の脳裏に浮かんだ。記憶に間違いがなければ、可愛い女名がついていたはずだ。

「お、大人のおもちゃって……えっと、ダッチワイフ？　清和くん、ダッチワイフで遊びたいの？　僕がいるのにどうしてダッチワイフなんかで遊ぶの？」

氷川が金切り声を上げた途端、ぶはっ、と桐嶋は吹きだして大きな身体を揺らした。

「姐さん、俺は眞鍋の裏帳簿の内容より、姐さんの頭の中身が知りたい」

桐嶋の豪快な笑い声が眞鍋のシマに響き渡る。祐とサメは手で口を押さえて笑いを嚙《か》み殺《ころ》していた。

「どうしてそんなに笑うんだ」

氷川が形のいい眉《まゆ》を顰《ひそ》めた時、前方から清和の舎弟たちが走ってきた。先頭を切っているのはショウだ。

「すみません」

清和と氷川を見るや否や、ショウは言い訳もせずに頭を深々と下げて詫《わ》びた。周りにいたほかの構成員たちも口々に謝罪する。

「わかっている。顔を上げろ」

清和はよく通る声で簡潔に言うと、舎弟たちに向かって大きく頷いた。許しているというより、清和は最初から怒ってなどいない。

「姐さん、つい先ほどのことですが、ショウが藤堂組の奴らを見て飛びかかったのは半分以上、姐さんのせいです。いえ、九分九厘《くぶくりん》、姐さんのせいですからね」

サメが聞き捨てならないことを言ったので、氷川は長い睫毛《まつげ》に縁取られた目を揺らしながら尋ねた。

「どうして僕のせい?」

「姐さんが連れ去られてから、藤堂組の奴らがどんなに暴れていても俺たちは手が出せなかったんですよ。これがどれだけ苦しいかわかりますか？　自分が痛めつけられるより、大事な兄貴分や弟分、世話になっているカタギさんを痛めつけられるほうが何倍も辛いんです」

　氷川が藤堂の関係者である桐嶋に拉致されれば、眞鍋組は身動きが取れない。ショウだけでなく眞鍋組の男たちは皆、断腸の思いでじっと耐えた。だからこそ、ショウは藤堂組の構成員を見た途端、条件反射の如く仇討《かたきう》ちに挑んでしまったのだ。

「ごめんなさい」

　氷川が謝った後、間髪《かんはつ》を容《い》れず、桐嶋も腰を折った。

「あ、そりゃ、俺が悪い。すんまへんでした」

「そうだな、そもそもの元凶はお前なんだよな、お前さえ先生をさらわなかったら……」

　つい先ほどまでのしおらしさは影をひそめ、いつものショウが復活したかと思うと、桐嶋を凄まじい目つきで睨みつける。今にも狂犬と化して、桐嶋に嚙みつきそうだ。

　背筋に冷たいものが走った氷川の視界に、やけに派手な餃子《ギョーザ》の看板が飛び込んできた。

「ショウくん、美味《おい》しそうな餃子があるよ。食べようか？　買ってあげるよ。京介くんがいないから全部食べていいよ」

　氷川が引《ひ》き攣《つ》り笑顔で餃子の看板を指で差すと、ショウは顔をくしゃっと崩して転倒しそうになった。

「……せ、先生」

「あ、焼売《シューマイ》もあるんだって。焼売のほうがいい？　肉焼売にカニ焼売にエビ焼売だって」

氷川は右の人指し指で焼売の看板を示し、左手でショウのシャツを摑んだ。自然にショウのシャツを摑んでいる左手に力が入る。

完全に毒気を抜かれて、ショウはポリポリと頰を搔いた。

「あ〜、焼売がいいっス。そこの焼売はどれもめちゃウマなんスよ」

ショウの返事を聞いて、氷川の身体からも力が抜ける。満面の笑みをたたえて、ショウの背中を優しく摩《さす》った。

「うん、じゃあ、焼売にしようか……あ、僕、そういえば財布を持っていないんだ。清和くん、お金を貸して」

氷川は金銭を持っていないことに気づき、隣にいる清和に右手を差しだした。

「注文して届けさせる。三百人前もあればいいか」

清和が一言口にしただけで、唇の端を切っている舎弟が食欲をそそる匂《にお》いを漂わせている店内に入っていた。

「三百人前……ああ、ほかの舎弟さんたちの分だね。……あれ？　三百人も舎弟さんいたっけ？」

清和直属の舎弟だけでなく、眞鍋組の構成員を全員合わせても、三百人はいなかったはずだ。

「ひとりで何人前も食う奴がいる」

清和はお天気の話でもするように、若き精鋭の食欲について語った。

「あ、そうか」

ショウの食欲を思い浮かべながら歩いていると、氷川が清和と暮らしている眞鍋第三ビルに到着した。氷川は清和に肩を抱かれたまま内部に足を踏み入れる。

「姐さん、お帰りなさいやし」

「姐さん、ご無事で何よりです」

眞鍋第三ビルに詰めていた構成員たちが、氷川と清和を出迎えた。それぞれ、口にするのは姐である氷川の名だ。感極まって男泣きする若い構成員も少なくない。

エレベーターで地下三階に降りた後、コンクリートが剝《む》きだしになっている空間を進んだ。重い扉を開けると、長い廊下が続いていた。

「地下三階はこんなふうになっているんだ」

氷川はきょろきょろと辺りを見回しながら、促されるままに前に進む。どこかひんやりとした空気が漂っている。

進行方向に現れた階段を上がると、天井も壁も床も真っ白なフロアが広がっていた。金の取っ手がついている扉の向こう側は、落ち着いたムードが漂うエレベーターホールだ。

「清和くん、ここはどこ？」

歩いてきた距離を考慮するに、どう考えてもこの場所は氷川が暮らしている眞鍋第三ビルではない。エレベーターに乗り込むと、清和はあっさりと明かした。

「眞鍋第二ビルだ」

眞鍋第二ビルも眞鍋第三ビルと同じように清和が建てたビルだと聞いているが、氷川はこれまで足を運んだことがない。

「眞鍋第二ビル？　えっと、第三ビルからちょっと離れたところにあるんだよね？　地下が繫《つな》がっているの？」

「そうだ」

脳裏に眞鍋第三ビル付近の地図が浮かんだ瞬間、氷川は呆然《ぼうぜん》としてしまった。どう考えても、個人で地下を繫げられる距離ではない。

「せ、清和くん、他人の建物の下に連絡通路を作ったの？」

「眞鍋組が所有している土地だ」

エレベーターが三階で停まり、ドアが鈍い音を立てて開いた。聞き間違いかと思って、氷川は清和に確かめるように尋ねた。

「……え？　眞鍋組が所有している土地なの？」

「そうだ」

天井が高い廊下を、氷川は清和に肩を抱かれた体勢で進む。指定暴力団の所有物とは思えないほど内部は洒落《しゃれ》ていて、極道の匂《にお》いは微塵もなかった。眞鍋組の息がかかった企業がテナントに名を連ねている。

清和がインテリヤクザとして大金を稼いでいるのは氷川も知っているが、眞鍋第三ビルから眞鍋第二ビルまでの土地を買い上げることはできまい。氷川は恐ろしくも暴力団的な手段を思い浮かべた。

「……まさか、脅《おど》し取《と》ったんじゃないよね？」

「俺が買い取った」

清和は夕飯の食材を買うのと同じような軽さで答えたが、そう簡単に手に入れることはできない。

「どうやって？　宝くじで三億円、何度当てても無理だよ」

ひたすら慎ましく生きてきた氷川が力んだ時、眞鍋組とは無関係の桐嶋がからからと楽しそうに笑った。

「姐さん、せやから、姐さんの清和くんはむっちゃ凄い奴やって言うてるやんか。眞鍋第三ビルと眞鍋第二ビルの地下が繋がってんのは俺も知らんかったけど、眞鍋の昇《のぼ》り龍《りゅう》がそこら中の土地を買い占めたんは知っとんで。名取《なとり》グループの会長っちゅう強力な後ろ盾もあるから強いもんや」

思いもよらない名前が桐嶋の口から飛びでたので、氷川は驚愕のあまりよろめきそうになってしまった。

「名取グループの会長って、名取銀行とか名取不動産とか名取商事とか名取金属とかホテル・アレーナとかの、あの名取グループのこと?」

名取グループといえば手広く事業を展開している日本有数の財閥で、会長ともなれば絶大な権力を持つ。氷川の記憶にある限り、今まで清和や眞鍋組の関係者たちの口からその名が出たことは一度もない。むろん、単なる内科医である氷川には無縁の人物だ。

「そや、その名取グループや。姐さんの清和くんは会長の大のお気に入りや。歳《とし》はいっとんけど綺麗な会長やな。若い頃はめっちゃ美人やったやろな」

「……名取グループの会長って女性なの?」

聞き捨てならないワードに氷川がそう口にすると、桐嶋は意味深な笑みを浮かべて言った。

「姐さん、妬いても組長を喜ばせるだけやで? そないにサービスせんでもええがな」

「ん……」

困惑した氷川が言葉に詰まっていると、金のドアノブに手をかけた祐が穏やかな口調で桐嶋に尋ねた。

「名取会長とうちの関係も藤堂組は調査済みですか?」

「名取会長と橘高《きったか》顧問の姐さんの話は知る人ぞ知る、やんか。いい姐さんやな」

清和の義母《はは》に当たる典子《のりこ》は、氷川にも本当の母親のように接してくれる女性だ。実母以上に慕う眞鍋組の構成員も多い。

「典子姐さんには誰も頭が上がらない」

祐はドアを開けた状態で、氷川と清和に入室を促した。

優雅なアーチを描いた天井にはクリスタルの豪華なシャンデリアが吊《つ》るされ、広々とした部屋の中央にはアンティーク調のソファとテーブルが置かれている。見事な細工が施されたキュリオケースには、バカラのグラスやヴェネチアングラスのワイングラスが収められていた。部屋の南側はちょっとしたバーになっていて、ジンやバーボンなどのボトルが並び、その奥にはワインセラーがある。

「コーヒーでいいですね」

氷川が清和とともにアンティーク調のソファに腰を下ろすと、祐がバーに立ってコーヒーの準備を始めた。ことあるごとに清和が成人前だと騒ぐ氷川を考慮して、あえて酒ではなくコーヒーを選んだのだ。コーヒー豆は苦味と酸味が絶妙な味わいのコロンビア・スプレモ・ナリーニョである。焙煎《ばいせん》はフルシティローストだ。天板が大理石の六角形のキャビネットからKPMベルリンのコーヒーカップ、くすんだ蒼白《そうはくしょく》色が印象的なノイツェラート56を取りだす。

サメは無言で一礼すると、部屋から出ていった。諜報部隊《ちょうほうぶたい》の隊長としての仕事があるのだろう。

ショウがいそいそと冷蔵庫からケーキの箱を取りだした。

「セリエール・カフェのマスターから貰《もら》ったんスよ。食いましょう」

午後のお茶という時間帯ではないが、誰もそんなことは言わない。氷川はバニラビーンズが入ったカスタードパイを一口食べてから、おもむろに切りだした。

「清和くん、それで名取グループ会長とはどういう関係なの？」

「名取会長と縁があったのは俺じゃなくてオフクロとオヤジだ。オフクロやオヤジは名取会長を利用しなかったが俺は利用した。ただ、それだけだ」

自ら進んで言いたくはないが、言わなくてはいけない時というのだろうか、そういった微妙な時には独特の言い回しで清和は濁そうとする。氷川は清和の耳を軽く引っ張った。

「なんか、清和くんらしい説明だね」

清和は無言で氷川に耳を引っ張られているだけだ。氷川の指をはねのけることすらしない。

「桐嶋さん、どんな噂が流れているの？」

氷川は桐嶋という手っ取り早い手段を選んだ。

「名取会長も隠しとらへんからいいやろう？　あの会長もたいした度胸やで」

桐嶋はＫＰＭベルリンのコーヒーカップに口をつけている清和に了解を取ってから、軽

快な口調で鬼畜の所業を語り始めた。

「名取会長が若い頃の話や、ええとこのお嬢様が親とけんかして夜中に家を飛びだしたんや。そこで三人組の男たちにヤられたんや。ボロボロのお嬢様を助けたのが、たまたま通りかかった橘高の典子姐さんや」

予想だにしていなかった名取会長の過去に、氷川は声を失ってしまった。清和やショウも聞くだけで胸が悪くなるらしく、部屋の空気がどんよりと曇る。

「女が乱暴されたら、訴えるか、泣き寝入りか、ふたつにひとつや。名取会長はええとこのお嬢様やったから、訴えるなんてとんでもなかったんやろな」

そこまで話を聞いて、氷川は典子が取った行動がわかった。

「典子さんは橘高さんに頼んで、名取会長を乱暴した三人組の男たちを痛めつけてもらったの？」

橘高ならばなんの見返りがなくても、哀れな女性のために立ち上がるだろう。たとえ、世間的に認められない手段であっても、橘高や典子を非難する気は毛頭ない。そもそも、氷川は綺麗事が好きではなかった。

「そや、ようわかるな。二度と名取会長の目の前に現れないように、二度と女に乱暴しないように、ってきついお灸《きゅう》をすえられたらしいで」

男たちに乱暴されて自ら命を絶つことすら考えていた若い女性に、典子は荒療治ともいうべき処置を取った。若き日の名取会長の目前で、背中に虎《とら》を刻んだ橋高が三人組の男たちを半殺しにしたのだ。泣きながら許しを請う三人組の男たちを見て、地獄を彷徨ってい た若い女性から何かが落ちたらしい。

そこまで一気に語ると、桐嶋は栗《くり》のケーキを三口で平らげた。祐が二つ目のケーキを勧めると、桐嶋は明るい笑顔でイチジクのパイを選んだ。ショウはすでにケーキを三つ、その胃袋に収めている。

「それから付き合いが始まったのか」

氷川が清和に視線を流すと、年下の男は首を軽く左右に振った。

「いや……オフクロと名取会長の縁はそこで切れたんだ」

いいところのお嬢様が私たちのようなものに関《かか》わってはいけません。すべて忘れなさい、と典子は若き日の名取会長を諭したらしい。典子は自分や橋高が何者であるか、名乗ることとすらしなかった。

『お嬢様が幸せになることが私たちに対する礼です』

典子が若き日の名取会長に要求した謝礼は、眞鍋組の構成員たちから母と慕われる彼女の性格を物語っている。

氷川は先を促さずにはいられなかった。

「それで？　どうして？」

「眞鍋の経済状況が行き詰まった頃、俺は名取会長から援助の申し出を受けた」

その時を思い出しているのか、清和はどこか遠い目をして語り始めた。火の車状態だった眞鍋の台所をなんとかしようと、インテリヤクザとして名を揚げる前の清和が躍起になっていた頃のことだ。思いがけない相手から声をかけられ、清和は戸惑ったものの、応じた。

『橘高正宗《まさむね》さんと典子さんの義子の橘高清和さんですね。私は名取グループ会長の名取満《みつる》智子《ちこ》と申します。眞鍋組がどのような状態か、私は存じあげておりますの。どうして橘高さんと典子さんは私に助けを求めてくださらないの？』

ショーメのダイヤモンドを胸元と指に飾った名取グループの会長には、他人を圧倒する迫力と華やかさがあった。婿養子だった夫の死後、名取グループの会長として君臨している理由も納得できる。

『オヤジとオフクロ？』

『何もご存じないのね？　私は亡き夫にも息子にも話しておりますのに』

名取会長は包み隠さず、すべてを清和に語った。どれだけ典子と橘高に感謝しているか、確かめなくてもわかったという。名取会長が援助したがっていることにも気づいた。

呆れるぐらい昔堅気の橘高や典子ならば、どんなに困っていても名取会長に救いを求めることはしない。しかし、橘高や典子を守るために極道の金看板を背負った清和は違う。

『俺はオヤジを助けるためにヤクザになりました。だから、名取会長に平気で借金を申し込めます。返せるかどうか、今、お約束できませんが貸してください』

今よりもさらに若くて未熟だった清和は、いっさい言葉を飾らなかった。

『いつか私を地獄から救ってくれた典子さんと橘高さんのお役に立ちたいと願っていましたのよ。清和さん、そのお願いを叶《かな》えてくださって感謝しますわ』

清和は名取会長から莫大《ばくだい》な額の金を借りて、一世一代の勝負に出たのだ。そして、その一《いち》か八《ばち》かの大勝負に勝利をおさめ、今日の眞鍋組の基礎を築いた。それからも、何かにつけて名取会長から援助の手が差し伸べられたという。

「生涯、俺は名取会長への恩は忘れない」

清和がいつになく切々と言うと、氷川もコーヒーカップを持ったまま大きく頷いた。

「そうだったのか」

「俺が凄い奴というわけじゃない。俺は周りに助けられたんだ。俺自身にはなんの実力もない。本人の実力だけなら藤堂のほうが何倍も上だ」

清和は隣にいた氷川から正面に座っている桐嶋に視線を流すと、堂々と言い放った。卑下している気配は微塵もなく、どちらかといえば誇らしそうだ。己の周りにいる者たちを最高だと自負しているからだろう。好き嫌いはべつとして、藤堂本人の実力もちゃんと認めている。

桐嶋は一時間以上並ばないと買えないと評判のドーナツを齧《かじ》りながら、清和に対する評価を口にした。

「そういうことをサラっと言ってのけるところが凄いんやで。……なぁ？」

桐嶋は斜め横に座っているショウに同意を求めようとしたが、肝心の清和の舎弟はチョコレートがかかったドーナツを食べるのに必死だ。間違いなく、ショウは目の前にあるドーナツしか見ていない。

桐嶋は苦笑を浮かべて、ショウに再度語りかけた。

「ショウちんや、今の話、聞いてへんよな」

ショウはドーナツに齧りついたまま、桐嶋が呼んだ己の名に反応した。

「……何がショウちんだ。くそっ、食いだしたら腹が減っていたことに気づいたぜ。ケーキやドーナツなんかじゃ食った気がしねぇ」

ポロポロとショウの口からドーナツの粉が落ちるが、誰も窘《たしな》めたりはしなかった。もちろん、ショウの剣幕に怯えたわけではない。

「ショウ、チョコレートがある」

祐はショウの前にベルギー製の高級チョコレートを箱ごと置いたが、スイーツで大食漢の彼の胃袋を満足させられるはずもない。それでも、ショウはチョコレートに手を伸ばした。

「あ、チーズも確かあったはず」

祐は思いついたように冷蔵庫の中を探った。ブルーチーズの王様と称されているロックフォールチーズや二十四時間熟成させたという濃厚なミモレットチーズを、カマンベールチーズやフォンティーナチーズとともに丸ごと銀のプレートに盛る。ルエルチーズやヤールスバーグチーズはそのままショウの前に置いた。

「ショウくん、そのうち焼売が届くと思う」

氷川もショウの空腹の理由が自分が拉致されたせいだと気づいていたので、そわそわとしながらドアを見つめた。けれども、注文した焼売が届く気配はない。

ベルギー製の濃厚なチョコレートを平らげたショウは、銀のプレートに並べられたチーズに手を伸ばすと、清和を胡乱《うろん》な眼《め》で見つめた。

「組長、腹減ってねぇんスか？　朝飯からなんも食ってねぇんでしょう？」

氷川が眞鍋第三ビルから連れ去られたのは十時だった。それ以来、清和とショウの喉には何も通らなかったのだろう。

「……………」

「もっとちゃんとしたモンが食いたいっス。組長もでしょう？」

目が血走っているショウに負けたわけではないだろうが、清和は低い声でポツリと言った。

「出前でも取るか」

清和が腰を浮かせかけると、祐がいくつものメニューを差しだした。フレンチにイタリアンに中華料理、そば屋からピザのデリバリーまである。

「ショウ、どれがいい？」

清和がメニューを手にしながら尋ねると、ショウはらんらんと目を輝かせて答えた。

「全部」

清和が無言で承諾したので、氷川は驚いて口を開いた。

「ショウくん、いくらなんでもお腹《なか》をこわすと思う」

「俺、腹をこわすまで食いたい」

目を据わらせたショウに、氷川は二の句が継げなくなってしまった。

「ん……」

「俺、大好物の鰻弁当《うなぎべんとう》を昼に食い損ねたんスよ。橘高のオヤジが差し入れに鰻弁当をくれたんスけど、俺は食えなかった。この俺、この俺っ、この俺が食えなかったんスよ。目の前に美味《うま》い鰻弁当があるのに、食う気力もなかった。先生、これがどうしてだかわかりますか？」

食べかけのチーズを持つショウの両手がわなわなと震えている。今にもチーズが落ちそうだ。

「ごめんね」

氷川はショウに謝るしかなかった。頼みの焼売が届かないのを心の中で急《せ》かす。

「組長も目の前に大好物の鰻があるのに食えませんでした。安部《あべ》さんの差し入れのステーキ弁当も食えなかった。今までこんなこと一度もありません。先生、わかりますよね？　俺も組長も先生が竿師と仲良くしているなんて夢にも思いませんでした」

勢いあまったのか、ショウは手にしていたチーズをぎゅっと握る。カマンベールチーズとフォンティーナチーズがショウの指の間からテーブルに落ちた。絶品のチーズも台無しだ。

氷川は清和とショウの顔を交互に見つめて謝罪した。

「ごめんなさい」

清和に氷川を非難している気配はないが、ショウに詰《なじ》られても庇おうとしなかった。

「この俺が食えねぇのに、京介の野郎は差し入れの鰻弁当とステーキ弁当を食いやがった。それも俺の分まで、それも食えねぇ俺の前でパクパクと食ったーっ」

話しているうちに興奮してきたのか、ショウはソファから立ち上がり、身体全体で怒りを表した。

氷川は野生動物を見ているような気分になったが、そういうことは口にしない。

「ショウくんはいつも京介くんの分まで食べちゃっているから、たまにはいいじゃないか」

氷川は努めて優しい声音で言ったが、ショウはまさに野獣の如く雄叫《おたけ》びを上げた。

「そ、そうじゃないでしょうーっ」

地団太《じだんだ》を踏むショウに、氷川は参ってしまった。

「だって……」

「第一、あの時の鰻弁当とステーキ弁当は二度と返ってこないんスよっ」

あの時の鰻弁当とあの時のステーキ弁当を熱く語られても、氷川にはどうすることもできない。いや、誰にもどうすることもできないだろう。

「ん……」

氷川が言い淀んだ時、天の助けか、待《ま》ち侘《わ》びていた焼売が届いた。ショウが飛びついたのは言うまでもない。

氷川がほっと胸を撫で下ろすと、頼んでいたモグリの医者の木村《きむら》がやってきて桐嶋の傷の具合を診た。

「……あ、あぁ？　これっくらっいれ俺を呼ぶなっ。こんなの～舐《な》めときゃ治るぅ……ひっく」

酔っ払っている木村に氷川は頭を抱えたが、当の怪我人である桐嶋は楽しそうだった。

3

暴れるショウを考慮してか、祐《たすく》は何も言わずに鰻丼とステーキ丼を注文した。今、この時点で氷川《ひかわ》は栄養のバランスについて述べることはできない。氷川は三種類の焼売《シューマイ》をひとつずつ食べた後、鰻丼に箸《はし》を伸ばした。

清和《せいわ》とショウは鰻丼とパーコーメンを物凄《ものすご》いスピードで平らげ、ステーキ丼と天婦羅《てんぷら》そばを食べてから福神漬《ふくじんづ》けが添えられたカレーライスに手を伸ばす。出汁《だし》巻《ま》き卵《たまご》と鶏《とり》の唐揚げとポテトサラダを食べ尽くしたと思うと、息もつかずに肉がとても分厚いカツサンドを口に放り込んだ。失った何かを取り返すように食べている。

ショウと清和の旺盛《おうせい》な食欲に、桐嶋《きりしま》は腹部を押さえて白旗を掲げた。

「あかん、俺も歳《とし》っちゅうことかな？　鰻丼とステーキ丼とパーコーメンと天婦羅そばとカレーライスまでは張り合える。でも、それまでや。ああ、食った、食った……」

それだけ食べられたら充分だ、が氷川の口に出さない気持ちである。線の細い祐も氷川と同じ思いだろう。

清和とショウは八宝菜《はっぽうさい》と焼きそばを胃袋に収めて、やっと満足したようだ。ショウはソファから立ち上がると、ペルシャ絨毯《じゅうたん》が敷かれている床にごろんと大の字になった。

「食った」

ショウは寝っ転がったまま右腕を高く挙げて勝利のポーズを取る。氷川にしてみれば理《り》解《かい》し難《がた》いショウの勝利宣言だが、彼が満足したのならばそれでいい。清和はポーカーフェイスで手を拭《ふ》いていた。

「ごちそうさま、僕はもうこれ以上、食べられない」

氷川が箸を置いた時、アンティークの電話台にあった電話が鳴り響いた。祐は子機で応対し、そのまま部屋から出ていく。

清和は祐が消えたドアを鋭い目で見つめたが、氷川と桐嶋はペルシャ絨毯で寝転がっているショウに視線を流していた。

「浜松《はままつ》組も六郷会《ろくごうかい》もここでお腹《なか》ぽんぽこりんになっとうショウちんにやられたんやで。こないな姿をみたら悔しがるやろな」

一度も耳にしたことのない話を聞いたので、氷川は感慨深そうな桐嶋に尋ねた。

「浜松組も六郷会もやられた？　桐嶋さん、それは何？」

「姐《あね》さん、知らへんのか？　藤堂《とうどう》が喉から手が出るほど欲しがったショウちんの大活躍」

「うん、教えて？」

桐嶋は小さなサイドテーブルに置かれていたメニューから、ピザのデリバリーのメニュー表を抜きだした。裏には配達可能な地域、つまり新宿《しんじゅく》の簡単な地図が載っている。

「新宿って言うても場所柄、結構、細かく分類されとるんや。新宿のこっちとそっちはほかの組のシマや」

桐嶋は長い指で眞鍋《まなべ》組の勢力外の地域を示した。

「そうなのか、今まで知らなかった」

「元々、眞鍋組のシマはここからここらへんまでしかなかったんやで。そりゃ、新宿で一番重要な場所は押さえとったけど、そんだけや。それを姐さんの大事な清和くんがここまで大きくしよった」

桐嶋が指で示した眞鍋組のシマの拡大に、氷川は少なからず驚いた。以前から清和の台頭で眞鍋組が飛躍したと聞いてはいたが、ここまでとは思わなかったのだ。

「いったいどうやって……こ、抗争？」

氷川は隣にいる清和の腕を無意識のうちに摑《つか》みながら、目の前にいる桐嶋に尋ねた。

「ここのシマはちょっと荒っぽいことをして手に入れたシマや。こっちとこっちは裏工作で手に入れたシマやな。このむっちゃ美味《おい》しいところは関西ヤクザも真っ青の抗争で手に入れた……んやろなぁ。藤堂がそないに言うとったし。それなのに上手いことサツから逃げとうで。眞鍋はズルこいっちゅうか賢いんやな」

桐嶋は清和に称賛の視線を投げたが、眞鍋の昇《のぼ》り龍《りゅう》はどこ吹く風で流している。そのうち氷川の耳に入るとわかっているからか、桐嶋の口を止めることはしなかった。組のことには関《かか》わるな、と頑《かたく》ななまでに繰り返してきた清和の意識も少しずつ変わってきているのかもしれない。

すでに終わったこととはいえ、当時のことを思うと氷川としては気が気でない。

「もう……」

「そんでもって、この最高に美味しいところと絶対に必要なところはショウちんが身体《からだ》を張って六郷会と浜松組から取ったんや」

桐嶋はニヤリと笑うと、いつしか床で寝息を立てているショウを顎《あご》でしゃくった。

「……まさか、ひとりで殴り込んだの？」

鉄砲玉の代名詞となっている男の取りそうな行動を思い浮かべ、氷川は身を乗りだしてしまった。

「ひとりで殴り込んだぐらいでこのシマは取れへん。組同士で小競《こぜ》り合《あ》いを繰り返してな、関東の大親分の仲裁が入ったんや。ほんで、浜松組とはバイクレースでカタをつけることになったんや」

関東だけでなく全国にその名が響き渡っている竜仁会《りゅうじんかい》の竜仁昌造《しょうぞう》に間に立たれては、眞鍋組も浜松組も争うことはできない。結果、それぞれの代表者が山道を走るバイクレースで決着をつけることになった。ちなみに、浜松組は麻雀《マージャン》での勝負を挑んだが、ショウを擁する眞鍋組はバイクレースを譲らなかった。

「バイクレース？　ああ、それだったらショウくんが勝つね」

ショウの運転技術を知っているので、バイクレースと聞けば氷川も納得してしまう。その気になればレーサーも夢ではないと聞いていた。もっとも、ショウ本人にそんな気はまったくないらしいが。

「そうや、浜松組は元プロの選手を連れてきたけど、ショウちんの圧勝やった」

「六郷会ともバイクレースで決着をつけたの？」

「六郷会とは車のレースでカタをつけたんや。東京がスタートで青森《あおもり》がゴールやったんかな？　六郷会は元Ｆ１レーサーやったのに、ショウちんが勝った。たいしたもんやで」

桐嶋がショウを褒めると、清和はとても嬉《うれ》しそうに口元を緩めた。滅多《めった》に表情が変わらない男なので珍しい。ショウという男は清和の誇りなのだろう。

「ショウくん、頑張ってくれたんだね」

氷川が万感の思いを込めてショウの寝顔を見つめた瞬間、野獣の遠吠《とおぼ》えのような声が響き渡った。なんてことはない、ショウの寝言だ。

「京介《きょうすけ》ーっ、俺の鰻弁当とステーキ弁当食いやがったーっ」

苦しそうに左右の腕を振り回しているショウに、氷川は度肝を抜かれた。

「ショ、ショウくん……」

ショウの寝言はさらに大きくなった。

「先生、先生、先生、先生ーっ」

何度も寝返りを打ちながら、ショウは己が守るべき二代目姐の名を呼び続ける。

ショウがどのような夢に魘《うな》されているのか、氷川はすぐにわかった。氷川は黒目がちな目を揺らしながら、唸《うな》っているショウのもとに駆け寄り、膝《ひざ》を折った。

「ショウくん、起きて、起きて。あんなに食べてすぐに寝たら身体によくないよ。ショウくん、起きて。僕は無事だよ。無事だから」

氷川がショウの肩を思い切り揺らすと、呻《うめ》き声《ごえ》が途切れる。目を覚ましたのか、ショウは瞬《まばた》きを繰り返して氷川を凝視した。

「先生？」

氷川が答える間もなく、ショウの目からポロっと一粒の涙が零《こぼ》れ落《お》ちた。

「ショウくん……」

「……よかった」

ショウの目から涙がぽろぽろと溢《あふ》れ、シャープな顎を伝っていく。

そんなショウを見ていると、氷川の胸は熱くなってしまう。左右の腕を伸ばして、涙を流し続けるショウをぎゅっと抱き締めた。

「ごめんね、心配かけて」

「先生を守れなかった俺が悪い」

気持ちいいほど明るくて真《ま》っ直《す》ぐなショウがどれだけ己を責め続けていたのか、氷川は考えることすらできなかった。自然と目が潤む。

「ショウくんのせいじゃないよ」

氷川がショウの頬《ほお》を伝う涙を白い指で拭《ぬぐ》っていると、ドアが静かに開いて、いつになく険しい顔つきの祐が入ってきた。その背後には清和の舎弟たちが並んでいるが、みんな、一様に目が赤いし、信司《しんじ》は声をあげて泣きじゃくっている。

「姐さん、ショウじゃなくて組長に抱きついてください」

祐に突拍子《とっぴょうし》もないことを言われて、氷川はショウの頬に触れたまま聞き返した。

「祐くん？　いったい何？」

「何も聞かずに組長に抱きついてください。膝のうえにでも乗ってくれませんか？」

祐のお願いに反応したのは、舎弟たちの涙目に凛々《りり》しい眉《まゆ》を顰《ひそ》めた清和だ。いつもよりトーンを落とした声で、清和は祐に尋ねた。

「祐、俺を怒らせるようなことをしたのか？」

祐は清和の詰問《きつもん》に答えず、切羽詰まった様子で氷川に懇願した。

「姐さん、姐さんには姐さんの仕事があります。今すぐ組長の膝のうえに乗ってください。組長が暴れても俺は押さえ込めません」

祐が最後まで言い終える前に、氷川は素早い動作で清和に飛びついた。ソファのうえで向かい合う形で、仏頂面《ぶっちょうづら》の清和の膝に乗り上げる。左右の腕を清和の首に回すと、振り返って祐を見た。

「祐くん、これでいい？」

「ありがとうございます。組長から離れないでください」

何があったのかわからないが、不測の事態が起こったことだけは確かだ。清和の苛烈《かれつ》さを知っている氷川は、愛《いと》しい男の首に回した両腕に力を入れた。体格のいい清和にどこまで効果があるのか不明だが、必死になって体重をかける。

「うん」

氷川が返事をすると、祐は躊躇《ためら》わずに凛《りん》とした声で言い放った。

「結論から申し上げます。リキさんが殺されました。京介は意識不明の重体です」

その瞬間、氷川の視界は真っ白になった。祐が何を言っているのか、耳に届いたけれども理解できない。

清和もショウも桐嶋も同じ状態なのか、誰ひとりとして反応しなかった。ただただ魂のない人形のように硬直する。

信司の嗚咽《おえつ》だけがしんと静まり返った部屋に響きわたった。

どれくらい経《た》ったのか、痛いくらい張りつめた緊張を破ったのは、暴れると祐に想定されていた不夜城の若い主《あるじ》だ。

「祐、最初から順を追って説明しろ」

清和の声に抑えきれない怒りが含まれているのは気のせいではない。それでも、組長としての仮面を外さないのは、氷川が密着しているからかもしれない。

「手筈通《てはずどお》り、ことは進んでいたようです。待ち合わせ場所であったホテルのティーラウンジに藤堂組の弓削《ゆげ》が到着した頃、セレナという弓削お気に入りのキャバクラ嬢が弓削に連絡を入れました。弓削をホテルのティーラウンジからダイニングバーに移動させて、さらにもう一度、セレナに連絡を入れさせました」

セレナは弓削と山奥にあるロッジで落ち合う約束をした。風光明媚《ふうこうめいび》な場所に建つそのロッジは、セレナが勤めているキャバクラのオーナーママの別荘だ。眞鍋組の影はどこにもない。すべて順調に進んでいたのだ。弓削はまったく疑わずに、セレナの口車に乗って山奥まで車を走らせた。

『弓削さん、むさ苦しいので申し訳ない』

ロッジで弓削を出迎えたのは、セレナではなくリキと京介だ。

『リキ、京介……そういうわけか、おかしいと思ったんだよ』

弓削はバツが悪そうに頭を掻《か》くと、リキと京介に歩み寄った。どうしてこの場所に呼びだされたのか、いちいち説明しなくてもわかっていたようだ。

『藤堂の下にいたのならば、藤堂がどれだけ恐ろしい男か知っているだろう？　使い込みがバレたら指を詰めるぐらいじゃすまない』

リキは軽く微笑《ほほえ》むと、弓削の肩に手を置いた。

『そこまで調べているのか』

『やらないと、やられる』

リキが改めて口にしなくても、藤堂の凄《すさ》まじさは間近で見てきた弓削が誰よりもよく知っている。使い込みが発覚したら、弓削は指を詰めるだけではすまない。こんなところで言っても無駄なのに、弓削は青い顔で自分を正当化しようとした。

『……使い込む気はなかった。不可抗力なんだ。あの場合は誰であっても俺と同じことをしたと思う』

言い訳にもならない弓削の言葉に、リキは苦笑を浮かべた。傍《かたわ》らで聞いていた京介も鼻で笑う。

『そんな理由が藤堂に通用すると思うのか？　生き延びる手段はひとつしかない』

リキは弓削を鼓舞するように肩を軽く叩《たた》いた。

藤堂に睨《にら》まれた自分が生き延びるためにはどうすればいいのか、リキに説かれなくても弓削にはわかっている。

『リキ、俺にこうやって会うということは、眞鍋組は俺に手を貸してくれるんだな？』

『ああ、頭さえすげ替えてくれればそれでいい』

『眞鍋の二代目もきつい。本当にそれでいいのか？』

藤堂に勝るとも劣らない激しい清和を知っているので、弓削は確かめるようにリキの顔を覗《のぞ》き込《こ》んだ。

『藤堂和真《かずま》さえいなくなればそれでいい。藤堂組と揉《も》めたくないのはうちも一緒だ』

『それもそうだな。利害が一致するのか』

藤堂を追い落とす計画を練《ね》り上《あ》げてから、弓削はロッジを出ていった。

十分以上経ってから、リキと京介もロッジの外に出た。その瞬間、リキの心臓に銃弾が撃ち込まれたという。即座に身を伏せたものの、京介の身体にも銃弾が撃ち込まれた。間違いなく、S級の狙撃手《そげきしゅ》にどこからか狙われたのだ。

「先ほど瀕死《ひんし》の京介から連絡が入り、確認したところです」

祐の話を聞き終えて、清和は背後に青い炎を燃え上がらせた。

「祐、こちらの手が読まれていたのか？」

「藤堂はひとりで戦っています。弓削のことも信用していません。先ほどハマチから連絡が入りましたが、弓削が事故で亡《な》くなったそうです」

藤堂組に潜り込んでいるハマチの情報ならば、弓削の死亡は間違いない。清和は一段と激しい青い炎を燃《も》え滾《たぎ》らせた。

「弓削は藤堂に消されたのか」

「飼い犬に手を嚙《か》まれる前に消したのでしょう。藤堂らしい手です。もしかしたら、弓削は最初から藤堂にマークされていたのかもしれません」

弓削が藤堂の関係者に見張られていたのならば、どのような策を弄《ろう》しても無駄だ。図らずも、弓削がヒットマンをリキと京介の元へ運んでしまったのだろう。氷川は夢を見ているような気分で、清和と祐の会話を聞いていた。

「リキと京介が弓削のマークに引っかかったのか」

「そうかもしれませんね」

それまで虚《うつ》ろな目をしていたショウが自分を取り戻すと、部屋の外まで響き渡るような大声で叫んだ。

「うわーっ」

立ち上がったショウの強い瞳《ひとみ》は復讐《ふくしゅう》に燃え滾っていた。彼は背中に灼熱《しゃくねつ》の炎に包まれた毘沙門天《びしゃもんてん》を浮かべると、清和に一言の挨拶もせずに部屋から出ていく。走り去るショウを誰も止められなかった。

「ショウを止めろ。止めないと、あいつは藤堂組に殴り込む」

祐はこめかみを押さえて、並んでいる若い構成員たちに命令した。ショウと仲のいい宇《う》治《じ》や吾郎《ごろう》はペコリと頭を下げると駆けだす。

氷川は清和の膝で硬直したままだが、愛しい男の首に回した腕の力は緩めなかった。まだ、現実としてリキの死を受け入れられない。無敵の強さを誇った京介が意識不明の重体ということも信じられない。氷川にできることは愛しい男にしがみついていることだけだった。

真っ青な顔の桐嶋は大きな手で口を押さえつつ、独り言のようにポツリと呟《つぶや》いた。

「まさか……」

祐は伏し目がちな目で悔しそうに言った。

「眞鍋が誇る虎《とら》もカリスマのゴジラも、鉛弾《なまりだま》を急所に食らったらひとたまりもない」

確かに祐の言う通り、いくらリキや京介が最強の男でも生身の人間には違いない。やっと我に返った氷川の目に大粒の涙が溢れた時、背筋が凍るほど獰猛《どうもう》な目をした清和がゆっくりと動いた。清和はぴったりと自分に張りついていた氷川を膝から下ろすと、桐嶋の目の前に立ちはだかる。隠し持っていたサイレンサーを桐嶋に向けた。

「竿師《さおし》、あの世で藤堂が来るのを待て」

そう言うや否《いな》や、清和はサイレンサーの引き金を引こうとした。

その瞬間、氷川はソファから転げ落ちるように下りて、清和の左足にしがみつきながら大声で叫んだ。

「清和くん、殺さないでーっ」

祐は桐嶋と己が仕える清和の間に立って両手を大きく広げた。桐嶋を殺すな、と全身で表している。

「祐？　どけ」

清和は桐嶋の盾となった祐を睨みつけた。左足に張りついている赤い目の氷川には視線を流しもしない。

桐嶋は逃げるそぶりを見せなかった。

「組長、殺すのはいつでもできます。この男、ただで殺すのは惜しいと思いませんか？　先ほど、眞鍋第三ビルに時限爆弾が送られてきました。どう考えても犯人は藤堂です。藤堂も爆弾ひとつでどうにかなるなんて思っていないでしょう。この竿師を逃がすために騒動を起こそうとしたのだと思います」

地下の通路を使って第三ビルから第二ビルに移動したなんて藤堂は知りませんからね、と祐は凄艶《せいえん》にほくそえんだ。

そもそも第三ビルから第二ビルへの地下の移動は氷川の身を守るためのものだったが、意外なところで役に立った。

「藤堂にとってこいつはそんなに大切な男なのか」

どんなに殺気立っていても、清和は眞鍋組という組織のトップに立つ男だった。瞬時に祐の言わんとすることを理解する。

「藤堂がここまで守ろうとしている人物はほかにいません」

「藤堂に自分の命と引き替えにさせるか」

清和は祐の背後に立つ長身の桐嶋を、陰惨な修羅場《しゅらば》を潜《くぐ》り抜《ぬ》けてきた極道の視線で貫いた。

桐嶋が藤堂のために己の命をかけたように、藤堂も桐嶋のために己の命もかけるかもしれない。人の命をなんとも思っていないような藤堂相手なので確証はないが、桐嶋に対する思いだけは血の通った人としてのもののように思える。

「組長はお優しい。藤堂はそんなにすぐに楽にしてあげません」

祐は幼い子供を相手にしているような声音で優しく言った。口の前で立てた人差し指を楽しそうに振る。

子供の頃、僅《わず》かながらも清和と時間を共有したことのある祐ならではの所作かもしれない。

優しいと祐に称されて、清和は困惑したが顔にはいっさい出さなかった。無言で祐に先を促す。

「この竿師は最高のジョーカーですからもっと利用するんですよ。長江《ながえ》組にとっても脅威ですからね」

祐が最後まで説明しなくても、清和にはきちんと通じていた。切れ長の目を細めると、躊躇《ためら》いがちに言った。

「長江組の大原《おおはら》組長を脅すのか？」

今現在、清和及び眞鍋組の最大の脅威は藤堂ではなく背後にいる長江組の大原だ。その大原は桐嶋に負い目がある。大原が評判通りの漢《おとこ》ならば、桐嶋には手も足も出ないはずだ。

「さすが、我らの頭に立つ方です。話が早い」

祐は舞台に立った役者のような動作で一礼すると、嫌みなくらい丁寧な口調で言い続けた。

「長江組の大原組長がご自分の面子《メンツ》と馬鹿《ばか》な姐さんのために、あたら忠義の舎弟を破門したんですからね。こんなことがバレたら、大原組長の評判はガタ落ち、東京進出を阻《はば》めるかもしれません。長江組がどこを一番欲しがっているか、組長にはおわかりですよね」

「長江組の狙いはうちのシマだ」

闇組織《やみそしき》の全国統一を図っている長江組にとって、眞鍋組のシマは何よりも先に手に入れたいものだ。清和が関東屈指の大親分に可愛がられていなければ、とりもなおさず、眞鍋組に攻撃をしかけていたかもしれない。

「大原組長への抑えとして、その竿師は最高のジョーカーですよ。彼以外に今の眞鍋が長江に対抗できる術《すべ》はありません」

祐はきっぱりと言い切ってから、目を潤ませている氷川に優しく微笑んだ。

「俺は姐さんに死体の山を築く抗争にしないとお約束しました。姐さんとお約束したからには守りたい。組長、俺も男ですから？　男が大事な姐さんにした約束を守らせてくれませんか？」

祐の言葉に動かされたのか、清和は自分の左足にしがみついている氷川を見つめた。

氷川もペルシャ絨毯にへたりこんだまま、潤んだ目で愛しい男をじっと見つめる。清和の左足に絡めた腕の力は決して緩めない。

「……清和くん」

氷川は掠《かす》れる声で愛しい男の名を呼んだ。

何よりも氷川の涙に弱い年下の男は即座に視線を逸らして、桐嶋の前から動かない祐に言葉を向けた。

「大原組長に挨拶でもするのか？」

清和の言う挨拶とは、単なる挨拶ではない。大原の進退を揺るがしかねない桐嶋を手中に収めているという脅迫だ。もっとも、一歩間違えると宣戦布告にもなりかねない。負い目である桐嶋や弱みを使おうとした清和は、大原の手によって闇から闇へ葬られる可能性もあった。

「そんな可愛いことはしなくてもよろしいでしょう。まず、藤堂に裏切らせましょうか。

桐嶋の命が惜しければ大原と交わした盃《さかずき》を返せ、とね」

　長江組のトップである大原と交わした盃を返すなど、藤堂にとって自殺行為以外の何物でもない。そうやすやすと藤堂が自滅の道を選ぶとは思わなかった。

「返すと思うか？」

「返しても、返さなくても、どちらでも構いません。ですが、必ず藤堂は大原組長にうちの意思を伝えるはずです。話はそれからですよ」

「藤堂と大原組長がどう出るか……」

　最高の切り札と称した桐嶋を、清和は値踏みするように見つめた。

　桐嶋は一言も口を挟まないが、内心は動揺しているに違いない。藤堂も大原も桐嶋にとっては命にも代《か》え難《がた》い、かけがえのない人物だからだ。

「どう出ても竿師さえ押さえていれば、そうそう悪いほうには転ばないでしょう。大原組長も今まで築いてきたものを失いたくはないでしょうから」

　祐がにっこりと笑うと、清和はサイレンサーを下ろした。

「祐、リキが死んだことは広まっているのか？」

　己の右腕の死を口にする清和の表情はこれといって変わらないが、凄まじい後悔と悲しみに苛《さいな》まれていた。それは氷川にも痛いほどわかる。若い彼は理性を振り絞って、感情を抑え込んでいるのだ。

「箝口令《かんこうれい》を敷きましたが、どこまで守られるかわかりかねます。ですが、リキさんの死をみすみす無駄にはさせません」

眞鍋組の頭脳と目されていたリキの死がどのような事態を招くのか、今の状態では摑みかねる。さしあたって、藤堂組を勢いづけることはだけは間違いない。もしかしたら、ほかの組もこの隙《すき》を狙ってくるかもしれない。

「ああ」

清和は今にも倒れそうな顔色の氷川を優しく抱きあげると、ソファにそっと下ろす。そして、自分も氷川のそばに座った。

「死んだ者はどんなに悔やんでも帰ってきません」

幼い娘を失って狂ったように嘆き続けた自分の母親を思いだしているのか、祐の言葉はどこか辛辣《しんらつ》であった。過去を振り返って嘆いてばかりいても仕方がないだろう。生きている限り、前を見て進まなければならない。

「わかっている」

清和が自分に言い聞かせるように頷《うなず》いた時、顔が腫《は》れ上《あ》がった若い構成員が血相を変えて飛び込んできた。

「ショウが散弾銃を持ちだしましたっ、俺たちじゃ絶対にショウを止められませんーっ」

「散弾銃を持ちだして何をするのか、聞くまでもないな」

祐が忌々《いまいま》しそうにこめかみを押さえると、清和の舎弟である信司が泣きながら転がるように入ってきた。

「ショウを止めようとして宇治も吾郎も吹き飛ばされて失神して、サメさんもテーブルを頭に食らって倒れちゃった。丸山《まるやま》さんや荻原《おぎわら》さんは血を吐いています。このままじゃ、みんな、ショウにやられちゃいますよぅ。ど、どうしたらいいんですか？　いっそ、みんなで殴り込んだほうがいいかもしれません。殴り込んでいいですか？」

外人部隊に所属していたサメや武闘派で鳴らした丸山や荻原の強面《こわもて》でさえ、敵討ちに燃えるショウを止めることができないという。ショウの気持ちがわかるのか、清和も祐も切ない目をする。氷川はやるせない気持ちでいっぱいになり、清和の肩に顔を埋めた。

「信司、誰が殴り込めと言った？」

祐はスーツの上着のポケットからハンカチを取りだすと、信司の頬を伝う涙を拭った。

「とりあえず、ショウを止められません。それに、ほかの奴もショウと同じ気持ちだって……殴り込みになったら俺もついていきます。殴り込ませてください」

信司はしゃくりあげながらも、固い決意をきっぱりと言った。摩訶不思議《まかふしぎ》という枕詞《まくらことば》がつくが、信司もまた学生風の外見を裏切り、熱血漢だ。

「眞鍋は新しいヤクザの在り方を提唱している。そのことを忘れるな」

祐は威嚇するような態度で信司に言うと、双眸《そうぼう》を曇らせている清和に視線を流した。

「組長、今、ショウを止められるのは組長しかいません。止めてください。……先生、組長を離してください」

祐に優しく言われて、氷川は清和の肩口に埋めていた顔を上げた。

「僕も一緒に行って、ショウくんを説得しようか」

氷川の申し出を、祐と信司は同時に同じ言葉で却下した。

「無理です」

祐と信司の反応に、氷川は濡《ぬ》れた目を大きく見開く。清和も祐や信司と同じ意見らしく、視線で氷川を止めようとした。

「先生、何があっても頭に血が上った鉄砲玉に近寄らないでください。今のショウはショウであってショウではありません」

神妙な顔つきの祐に諭され、氷川はショウを説得することを諦《あきら》めた。今のショウには倒すべき敵しか見えないのだろう。ショウのためにも、今のショウには近寄らないほうがいい。非力な自分が行っても足手まといになるだけだ。

氷川は清和の身体に回していた腕を引こうとしたが、無意識のうちにぎゅっと力を込めていた。リキの死と京介が意識不明と聞いたからか、愛しい清和を離したくない。それでも、眞鍋の頂点に立つ男を離さないわけにはいかない。

清和は自分から離れるようなことはしないし、氷川の手を解《ほど》くこともしなかった。じっと氷川が自ら取る行動を何も言わずに待っている。カタギの氷川に対する愛と配慮だ。

氷川は目を閉じて、愛しい清和から手を離した。その瞬間、身体から力が抜けていくような気がしたが、頽《くずお》れたりはしない。

清和はソファから立ち上がると、祐に指示を出した。

「祐、腕の立つ奴を十人、いや、二十人ぐらい呼んで桐嶋を八階に放り込め」

「わかりました」

祐がにっこり微笑むと、清和は卓《すぐる》と信司に新たな命令を出した。

「卓、信司、先生をオフクロのところへ連れていけ。サメの舎弟を十人、ガードにつかせろ」

「はい」

卓と信司は直立不動で返事をすると、ソファに座っている氷川に一礼する。必ず守るという気迫が感じられた。

チャイニーズ・マフィアとの抗争の時だったが、以前にも一度、氷川は清和の義母《はは》の典子《のりこ》に預けられたことがある。すべては氷川の身の安全のためだったが、それだけ今回も危険なのだろう。眞鍋の二代目組長に行けと言われたならば、二代目姐としては従うしかない。藤堂との戦いに勝て、と口にしたのはほかでもない氷川だ。

「清和くん、どんな手を使ってもいいから僕のところに戻ってきて。僕のところに戻ってこなかったら許さないから」

氷川はソファからゆっくり立ち上がると、何物にも代え難い清和を真正面からじっと見つめた。

無口な清和は真摯《しんし》な目で頷く。

祐が苦笑を漏らして、照れ屋の清和に助言をした。

「組長、ここは新婚の姐さんに一言でもいいから愛を囁《ささや》くところですよ。言えないのならキスでもしておきましょう」

祐に言われて初めて気づいたのか、口下手な清和は氷川の上品な唇に触れるだけのキスを落とした。照れて愛の言葉を口にできないのだろう。

氷川も清和の唇にキスを返してから、祐に視線を流した。

「祐くん、僕の清和くんを必ず守ってください」

「姐さんの大事な組長は必ずお守りいたします。暫《しばら》くの間、寂しい思いをさせますがお許しください」

祐は真摯な目でしばしの別れの挨拶をすると、深々と頭を下げた。リキに代わって清和を支えようとする祐から、言葉では言い表せない気概が伝わってくる。

「それとね、桐嶋元紀《もとき》は僕の舎弟だ。だから、僕になんの断りもなく殺したら許さないよ。僕の舎弟を乱暴に扱っても許さない。それでなくても大怪我をしているんだからね」

愛しくてたまらない清和と祐の顔を交互に見つめて、氷川は力の限り凄んだ。

意表を突かれたのか、桐嶋は鳩が豆鉄砲を食らったような顔をしている。ここまで氷川に庇《かば》われるなど、桐嶋は思っていなかったのだろう。

「姐さん、わかっていますよ。姐さんの舎弟はお客人として大切にいたします」

氷川の性格をよく知る祐は苦笑を漏らし、清和は軽く頷いた。わざわざ氷川が念を押さなくても、大切なジョーカーを消したりはしない。

氷川も清和を信じないわけではないが、悪鬼と化した姿を知っているので釘《くぎ》を刺さずにはいられなかった。右腕ともいうべきリキを失っているのでなおさらだ。

「……清和くん」

氷川はもう一度、清和の唇に軽いキスをした。それから、卓と信司に連れられて部屋を後にする。

氷川と入れ違いに屈強な構成員たちがぞろぞろと部屋に入った。桐嶋を見張るために呼ばれた構成員たちだ。

その後、すぐに清和がショウの元に向かった。清和にはリキの死を悲しんでいる暇はない。

4

建物自体の雰囲気は違うが、眞鍋《まなべ》第二ビルの駐車場は眞鍋第三ビルと同じように地下一階にあった。

「姐《あね》さん、こちらです」

氷川《ひかわ》は卓《すぐる》と信司《しんじ》に守られて、高級車とともに大型のオートバイが並んでいる地下一階に着く。

メルセデス・ベンツの黒いSクラスの前にはサメの舎弟たちが揃《そろ》っていて、氷川が現れると深く腰を折った。

「姐さん、お疲れ様です」

裏の実働部隊とも言われているが、諜報活動《ちょうほうかつどう》を主としているからか、サメの舎弟たちにヤクザの匂《にお》いはまったくしない。地味な色のスーツに身を包んだ彼らはどこにでもいる平凡なサラリーマンに見えた。

デザインが流行遅れの黒いメガネをかけたサメの舎弟が、氷川をぴったりとガードしている信司と卓に指示を出した。

「信司、卓、先生の隣に座れ」

氷川は信司と卓に挟まれるような形で、ゆったりとした後部座席に座った。広々としているので、男が三人並んで座っても窮屈ではない。

濃紺のスーツに身を包んだサメの舎弟が運転するメルセデスが発進した後、氷川を乗せた車が走りだす。その後を白のビスタが続いた。いつもとなんら変わらない眠らない街を瞬《また》く間《たま》に後にする。

氷川が目を閉じて銃弾に倒れたリキの冥福《めいふく》を祈っていると、信司の涙混じりの声が耳に届いた。

「先生、泣かないでくださいね。先生に泣かれたら、どうすればいいのかわかりません」

清和《せいわ》を筆頭に眞鍋組の関係者全員、氷川の涙には弱い。眞鍋随一の不思議系の信司も例外ではなかった。

「泣いているのは信司くんじゃないか」

目を閉じていたが、氷川は泣いていたわけではない。氷川が泣いていると思って、釣られるように涙ぐんでいたのは信司だ。

「俺は泣いていません。これは汗です」

信司は洟《はな》をすすりながら反論した。

「目から汗が出るなんて知らなかった」

氷川が泣き腫《なは》らした信司の目に指で軽く触れた時、卓が運転手を務めているサメの舎弟に声をかけた。

「トランクが開いていますよ?」

「ああ……」

運転手を務めているサメの舎弟も気づいていたようで、右手に現れた駐車場に車を停《と》める。助手席に座っていた男が、トランクを閉めるために車から降りた。前方と後方を走っていた車も停車している。

サメの舎弟がトランクに手をかけた途端、そこから桐嶋《きりしま》が飛びだしてきた。

「キサマ?」

「許してぇや」

闇《やみ》の中、桐嶋は目にも止まらぬ速さでサメの舎弟を殴り飛ばす。

「桐嶋?」

運転手を務めていたサメの舎弟が車から降りた途端、桐嶋は鳩尾《みぞおち》に激しい蹴《け》りを食らわせた。

「桐嶋さん、どうして?」

氷川はいきなり現れた桐嶋に驚いて、後部座席からずり落ちそうになってしまったが、すんでのところで卓と信司に支えられる。

「姐さん、ナイフを使うのを許してください。姐さんに何かあったら、死んで詫《わ》びるぐらいじゃすみません」

卓は身につけていたドルチェ&ガッバーナのブルゾンから、鈍く光るジャックナイフを取りだした。桐嶋相手に凶器を振り回すつもりだ。

「卓くん、桐嶋さんは僕に危害を加えない」

自惚《うぬぼ》れではなく確信だが、卓は悲しそうな顔で首を大きく振った。信司も真っ青な顔で卓に同意して、隠し持っていたナイフを取りだす。

そうこうしているうちにも、車外ではサメの舎弟たちが桐嶋に次々に倒されていく。人《ひと》気《け》のない夜の駐車場にサメの舎弟たちの低い呻《うめ》き声《ごえ》が響き渡った。

「ヒラメさんもタイさんも……うわ、シマアジさんマグロさんもやられた。竿師《さおし》なのにあんなに強いなんて……」

車窓の外を見つめる信司は、信じられないといった風情で呆然《ぼうぜん》としていた。

「信司、組長に連絡を入れろ。車を出す」

卓は車内で運転席に移動して、メルセデスを発進させようとしたが、すでに時は遅かった。清和がつけてくれたサメの舎弟たちは全員、駐車場で倒れている。桐嶋の力が上回っただけのことかもしれないが、闇の懲罰係と呼ばれて恐れられているサメの舎弟とは思えない有り様である。

何か目的があって、桐嶋はサメの舎弟たちを相手に大乱闘を繰り広げたのだ。そうでなければ、トランクから飛びだした時点で逃げている。桐嶋の目的が自分であるような気がして、氷川は卓を制した。

「卓くん、下手に動かないほうがいい」

「先生、外に出ないでくださいっ」

氷川が信司の腕を振り切って車外に出ると、桐嶋が頭を下げて立っていた。

「桐嶋さん、どういうこと？」

「すんまへん、さっき隙《すき》を突いて逃げたんです。そんで姐さん用だと目星をつけた車のトランクに隠れていました」

桐嶋が言い終わるや否《いな》や、凶器を手にした卓と信司がいっせいに飛びかかる。

「すまんな」

桐嶋は謝りながら躱《かわ》すと、むんずと摑《つか》んだ信司を卓に投げつけた。ふたりともすぐに立ち上がって挑んだが、桐嶋は仕上げとばかりにきつい右ストレートとアッパーをそれぞれ食らわせた。

卓と信司は重なるようにして倒れ込む。

桐嶋は倒れているサメの舎弟の上着から財布と携帯電話を抜き取ると、氷川の腕を引いて車に乗り込んだ。

「姐さん、俺を信じてぇや」

た。

桐嶋はすぐにアクセルを踏んで、氷川を乗せた車を走らせる。

氷川は助手席でシートベルトをしながら、包帯が派手に取れかかった桐嶋に話しかけた。

「桐嶋さんは僕に危害を加えないでしょう」

氷川の言葉を聞いて、桐嶋は照れくさそうに笑った。

「せや、俺を信じてくれておおきに」

「でも、これはいったい何？」

眞鍋組にしてみれば、本日二度目の失態である。一日に二度も同じ人物に氷川を拉致《らち》されるなど、眞鍋組の看板に泥を塗ったことも同じだ。いや、眞鍋組の看板を下ろさなければならない失態かもしれない。

「姐さん、姐さんの舎弟の最後の頼みや、藤堂《とうどう》組の近くまで一緒に行ってくれへんか？ことがすむまで、眞鍋の鉄砲玉を押さえておきたいんや。俺が藤堂組に入ったら、姐さんは組長に連絡して帰ってや」

氷川は途方もなくいやな予感がして、眞鍋随一の鉄砲玉のショウと呆《あき》れるぐらいよく似ている桐嶋を凝視した。

「桐嶋さん、何をするつもり？」

「こうなったら俺が直接、藤堂とカタをつけるしかないわ。やっぱ、あいつはどっかおかしい。本当のあいつやったら、こないな非道をせえへんと思うんやけどな」

桐嶋は昔の藤堂を知っているからか、今の藤堂が信じられないようだ。怒りより悲しみのほうが大きい。

「直接、カタをつけるって具体的にどうするの？」

言葉が足りない桐嶋に、氷川は質問を繰り返した。

「手加減せえへんで、藤堂をボコボコにしたる。病院に送ったるわ」

一瞬、氷川はハンドルを左に切った桐嶋が何を言っているのかわからなかった。だが、理解すると、腹の底から怒鳴っていた。

「な、何を考えているの？」

「藤堂さえ引退すればええんや。殺さん程度にボコボコにして動けんようにしたる。ほんで、その間に藤堂組を解散させる」

桐嶋はなんでもないことのように軽く言ったが、そう簡単にできることではない。氷川は目を吊《つ》り上《あ》げて凄《すご》んだ。

「だから、藤堂組を解散させるっていったいどうするんだっ」

「抵抗する奴をブチのめしたらええんやんか」

あっけらかんと言う桐嶋に、氷川はイライラしてきた。藤堂も藤堂組の組員たちも解散する気など、まったくないだろう。トップの藤堂だけでなく藤堂組の組員たちも敵に回して、たったひとりでどうしようというのだ。

「ショウくんでもそんな無茶苦茶なことしないと思う……ううん、ショウくんならするかな」

後も先も考えないショウの無鉄砲ぶりを実際に見たばかりなので、氷川は話している途中で自信がなくなってしまった。つい先ほど、藤堂組にひとりで殴り込もうとしたのはほかでもないショウだ。

「ショウちゃんはやるんちゃうかな」

楽しそうに笑った桐嶋の横顔に、氷川は固い決意を感じた。ふと、関西で伝説となった桐嶋の父親を思いだす。

花桐《はなぎり》こと桐嶋の父親は亡《な》き組長の仇《かたき》を討つために単身、長江《ながえ》組系の暴力団に殴り込んで壮絶な最期を迎えた。

桐嶋にも父親に負けず劣らず、熱い男の血が流れている。

死ぬ気だ、と氷川は悟った。

氷川は桐嶋を死なせたくなかった。

「桐嶋さん、殴り込みには僕もついていく」

予想だにしなかったらしく、桐嶋は目も口もポカンと大きく開けた。

「……へ？」

惚《ほう》けた表情の桐嶋が滑稽《こっけい》でいて可愛《かわい》いので、氷川は口元を軽く緩めた。

「聞こえなかったの？」

「耳はまだ遠くないと思うんやけど……」

「桐嶋さん、誰の舎弟だっけ？」

氷川が高飛車《たかびしゃ》な態度で確かめるように問うと、桐嶋は嬉《うれ》しそうな顔で答えた。

「俺は綺麗《きれい》な姐さんの舎弟や。生涯、姐さん以外の親分はもたへん」

「僕は可愛い舎弟をひとりで殴り込みに行かせたりしない。僕も一緒に殴り込んであげる」

桐嶋は氷川の意思を理解すると、彼独特の切り返しで笑い飛ばした。

「姐さん、疲れてるんやなぁ。メシようけ食った後やから眠いんちゃうか？　もう寝てや。お休みの歌でも歌いたいところなんやけど、安眠妨害になりそうやからやめておきますわ。おやすみなさい」

「桐嶋さん、僕は本気だ」

桐嶋をひとりで藤堂組に殴り込ませたりしない。氷川は心の底からそう思った。

「絶対にあかん、姐さんを危険な目に遭わせられへん」

自分がどれだけ危ないことをしようとしているのか一応自覚はあるらしく、桐嶋は真っ青な顔で溜《た》め息《いき》をついた。

「じゃあ、殴り込むな」

氷川が切ない目を向けると、桐嶋は口惜しそうに舌打ちをした。

「……もう、それ以外、ないやんか」

藤堂を言葉で説得することは最初から諦《あきら》めているようだ。弓削《ゆげ》という駒《こま》がいなくなってしまった今、桐嶋が取るべき手段はひとつしかない。

「殴り込むのならば僕も行く」

氷川が桐嶋についていっても、足手まといになるだけかもしれない。だが、非力ながらもそれ相応の知識があった。必要なものさえあれば藤堂組に投げ込む爆弾のひとつやふたつはすぐに作れる。いうまでもなく、大事な清和を残して死ぬ気など毛頭ない。生きて桐嶋と一緒に清和と再会する気でいた。

「眞鍋の組長は若いのにええ男や。せやから、眞鍋の組長に顔向けできへんことはしとうない。今回のこれでも組長に悪くてたまらへんのに」

意識を取り戻したサメの舎弟から、清和に連絡が入っている頃だろう。清和がどんな気持ちでいるか、氷川は恐ろしすぎて想像することもできなかった。必死になって、清和を意識の外に追いやる。

第一、このまま桐嶋を死なせたら、国内最大規模を誇る長江組という巨大な敵が出現している清和にとってもマイナスだ。長江組を押さえるためにも、組長の大原《おおはら》の負い目である桐嶋は必要だ。

「桐嶋さん、死ぬ気でしょう」

氷川がズバリと言うと、桐嶋はやけに懐《なつ》かしそうな目をして答えた。

「そろそろオヤジとオフクロに会いたいと思っとったんで、それでもええわ」

強がりでも冗談でもなく、桐嶋の本心に違いない。

「僕は桐嶋さんを死なせたくない。僕は医者だから、目の前で死のうとしている人間を放っておけないんだ」

我ながら屁理屈《へりくつ》だと思ったが、氷川はそのように言うしかなかった。

「姐さんのほうがむちゃくちゃやんか」

桐嶋はハンドルを握ったまま、お手上げとばかりに天を仰いでいる。

「僕は死ぬ気はないし、桐嶋さんを死なせるつもりもない。ふたりで藤堂さんを引退させよう。そして、ふたりで清和くんと会おう。清和くんと桐嶋さんはきっと気が合うと思う」

すべてのわだかまりがとけたら、清和と桐嶋はいい関係が築けると氷川は確信していた。眞鍋組の幹部も真《ま》っ直《す》ぐな性分の桐嶋を気に入るだろう。

「姐さん……」

桐嶋がなんとも言えない顔をしたので、氷川はぴしゃりと言い放った。

「舎弟なら僕の言うことに反対するな」

氷川の固い決意に負けたのか、桐嶋はどこか遠い目で藤堂組に潜り込んでいるサメの舎弟の存在を口にした。

「……藤堂組に眞鍋のスパイがおったんやなぁ？　知っとってですか？」

「ハマチ、っていう名前だけ」

サメの舎弟は全員、海関係なのだと先ほど知った。こだわりでもなんでもなく、その場のサメの思いつきでそうなったらしい。

「殴り込んだら、ハマチが姐さんを守ってくれるかな」

藤堂組の内部で氷川が窮地に陥《おちい》ったら、間違いなくハマチは助けてくれるだろう。ポン、と氷川も膝《ひざ》を打った。

「ああ、そうだろうね。味方がひとり増えたじゃないか」

「たぶんあいつやろなぁ。めっちゃ可愛がっとうから藤堂が可哀相《かわいそう》やなぁ」

眞鍋組のハマチだと思い当たる男がいるのか、桐嶋は苦悩に満ちた顔で唸《うな》っている。とりもなおさず、信じた者たちに裏切られ続けた藤堂に同情しているからだろう。

眞鍋第三ビルの一室で桐嶋の資料とともにテーブルに載せられていた藤堂組本部のセキュリティシステムのデータを、氷川は脳裏に浮かべた。鉄壁のセキュリティに守られているからといって、死角がまったくないわけでもない。

「それで、藤堂組のセキュリティシステムを使えないようにするために先に……うん、いくらなんでも一般家庭まで停電させるのは申し訳ないよね……」

　氷川が言いかけてやめた戦法を察したのか、桐嶋は顔を派手に引《ひ》き攣《つ》らせた。

「姐さんの頭の中、知りたいようで知りたくないかもしれへん」

「知らなくってもいいよ。たとえ、ダイナマイトを作っても、桐嶋さんのお腹《なか》に巻かせたりしないから」

　桐嶋の父親の死に様を思い浮かべて、氷川は注意した。爆発物を作って持たせたら、桐嶋は自爆しそうで怖い。

「姐さん、ダイナマイトが作れるんですか。……可愛い顔しとう奴って爆弾作りが得意なんかな」

　神妙な顔つきで漏らした桐嶋に、氷川は目を瞠《みは》った。

「可愛い顔してる奴が爆弾作るの得意？　それは何？」

「ああ、俺の連れで橋爪《はしづめ》っていう出張ホストがおったでしょう？　その橋爪の連れでめっちゃ可愛い顔しとんのに爆弾マニアっていうか、そういうのが好きな理系オタクがおるんですわ。どっかの研究室に勤めているって聞いたんやけど、部屋ン中はわけのわからねぇもんばっかりあって足の踏み場がなかった。あんなにごちゃごちゃしとったら、そのうちあいつは自分の不注意で部屋を吹っ飛ばすわ」

高校生の時に実家を手製の爆弾で吹き飛ばした経歴を持つ青年について、桐嶋は屈託なく語った。

氷川は光明を見いだす。

「その人のうちはどこにあるの？　ここから近いのか？」

「ああ、藤堂のシマの近くに住んどう……姐さん？　どないしたんですか？」

勢い込んだ氷川に、桐嶋は首を傾《かし》げた。

「その爆弾マニアの人のところに行こう」

氷川の脳裏には藤堂組に殴り込む際の最強の武器が浮かんでいた。非力な氷川にはそれしかない。

「……え？」

「たぶん、そこなら必要なものが全部揃う」

闘志を燃やしている氷川の心の内がわかったのか、桐嶋はなんとも形容《けいよう》し難《がた》い顔で言った。

「はぁ……本気で殴り込む気なんやな」

「桐嶋さん、今さら何を言っているんだ」

「人を助けたいって、人を傷つけたらあかんて言《ゆ》うてる優しい姐さんが爆弾を作るんですか」

　氷川は人を傷つけるために爆発物を作ろうとしているわけではない。だが、爆発物とはそういうものかもしれない。桐嶋の意見に氷川は戸惑ったが、だからといって固い決意は変わらなかった。平和的に収めるために爆発物を作るのだから。

「人を傷つける爆弾ではなくて自分の身を守る爆弾だ。……ううん、桐嶋さんも藤堂さんも眞鍋組も救う爆弾だよ。このまま藤堂組に殴り込んでも捕まって、藤堂さんに利用されるだけだからね。脅《おど》し用《よう》の爆発物っていうのかな、総本部を吹き飛ばすようなのは作らないから」

　氷川の言うことにも一理あるのかもしれないが、何か釈然としないのだろう、桐嶋はハンドルに手を添えたまま低く唸った。

「……そういう考え方もあるんかな」

「早くその爆弾マニアのところへ行きなさい」

　決して意志を曲げそうにない氷川の強い瞳《ひとみ》に負けたのか、桐嶋はバックミラーをチラリと見た。

「……ほな、その前に車を乗り替えたほうがええかな」

「タクシー？」

「タクシーは使わんほうがええと思うんやけど、それしかないかな」

　氷川は桐嶋とともに必要なものを手に入れると、流しのタクシーで藤堂組のシマの付近まで行った。

乗り捨てたメルセデスの前で信司《しんじ》が泣きじゃくり、卓が血が出るほど唇を噛《か》み締《し》めたことを、氷川は知る由《よし》もない。

5

祐《たすく》による眞鍋《まなべ》組の工作が効いているのか、藤堂《とうどう》によるものなのか、それは定かではないけれども、藤堂組が牛耳《ぎゅうじ》る街は普段より寂しいものだった。深夜の十二時を過ぎているとはいえ、土曜日の人通りではない。西から流れてきているという長江《ながえ》組の影も見当たらなかった。

「姐《あね》さん、こっちや。オモテは歩かんほうがええ」

タクシーから降りると、桐嶋《きりしま》はどことなく淫靡《いんび》な雰囲気が漂う細い路地を進んだ。氷川《ひかわ》も辺りを注意深く窺《うかが》いながらついていく。

「姐さん、暗いから足元に気をつけてや」

「うん」

明かりがない細い路地に人はひとりも歩いていないが、ブロック塀には野良猫《のらねこ》が何匹もいる。真っ二つに割れたバーの看板の上に寝転がっている野良猫もいた。

楕円形型《だえんけいがた》のビルの裏手に出たと思うと、そこには若いというより幼い女の子が地面に座り込んでいた。彼女たちは桐嶋と氷川を空気か何かのように無視している。当然、桐嶋と氷川は足早に通り過ぎた。

髪の毛をさまざまな色に染めた若者たちが遊んでいるゲームセンターに入ると、桐嶋は三階に上がった。

氷川は子供の頃から詰め込み式の勉強に励み、医者となってからも遊びらしい遊びをしたことがない。ゲームセンターがどういうところか漠然とは知っているものの、実際に足を踏み入れたのは今日が初めてだ。珍しそうに店内をきょろきょろと見回した。

「姐さん、どないしたんや？」

桐嶋に怪訝《けげん》な顔で尋ねられて、氷川は素直に答えた。

「僕、こういうところに入ったの初めてなんだ」

「そんな姐さんに感動したわ」

桐嶋は口笛を吹いて、真面目《まじめ》一徹《いってつ》に生きてきた氷川を称《たた》えた。

「どうしてそんなに感動されるのかわからない」

氷川はきょとんとしたが、桐嶋は頰《ほお》を紅潮させていた。

「そんなん、感動すんで」

「桐嶋さんはゲームセンターでよく遊んだの？」

「俺はもっぱらパチンコ、実はゲーセンはそんなに好きちゃうんや。けど、女とのデートには使《つこ》うたよ。ＵＦＯキャッチャーでぬいぐるみを取ってやるのが女を落とす一歩やからな」

桐嶋は楽しそうに語ったが、氷川はわからない言葉があったので尋ねた。

「UFOキャッチャーって何？」

氷川の質問を聞いた瞬間、桐嶋は固く握った右手の拳《こぶし》を振り上げた。

「感動や……っと、一階にあったんやけど見てへんかな？　ぬいぐるみとかお菓子を取るゲームや」

いくら氷川でもゲームセンターの前を通ったことはある。確か、ぬいぐるみがいっぱい入ったそれらしいゲームの前で若いカップルがはしゃいでいたはずだ。

「……あ、あれのことかな」

「次、姐さんの大事な清和《せいわ》くんと行き。ほんでなんか取ってもらい」

桐嶋が優しい顔で次回を口にした。

「清和くん、知っているのかな」

清和からUFOキャッチャーが連想できないので、氷川は頬に手を添えて考え込んだ。

「知っとると思うで」

「清和くんもそのUFOキャッチャーで女の子にぬいぐるみを取ってあげたのかな」

どうしてゲームセンターの話をしていて清和の過去に辿《たど》りついてしまうのか、氷川は自分で自分がいやになった。それでも、UFOキャッチャーの前で若い女性の肩を抱く清和の姿を想像してしまう。

自分で勝手に考えて妬《や》いている氷川を、桐嶋は羨《うらや》ましそうに眺めた。

「姐さん、マジにベタ惚《ぼ》れなんやなぁ。眞鍋の二代目はいいなぁ。和《かず》にもそないな姐さんがおったらよかったのに」

「藤堂さん、モテるって聞いたけど」

藤堂は女性にとても人気があると、ショウが憎たらしそうに言っているのを聞いたことがあった。しかし、姐さんとして迎えた女性は今までにひとりもいないという。

「和は昔からモテモテやったで。けど、特別なのは作らへんかったんや。あいつもアホやで」

桐嶋は軽く息を吐くと、入り組んだところにあった男子トイレのドアを開けた。

「桐嶋さん？　トイレ？」

「そや、ここから藤堂組総本部に行くのが一番安全や」

男子トイレに入ると、桐嶋は大きめの窓のドアを開けた。桐嶋が提唱する藤堂組総本部へと続く最も安全なルートだ。

「ここから総本部に？」

ゲームセンターが入ってるビルと隣接しているタイル張りのビルは至近距離に建っているので、氷川でも軽く跨《また》げそうだ。

よっ、という掛け声とともに桐嶋は窓から身を乗りだした。そして、隣のビルの窓を開ける。

「鍵《かぎ》がかけられてないのか」

氷川が杜撰《ずさん》なビル管理を指摘すると、桐嶋はニヤリと笑った。

「俺が開けとったんや。こっちのビルには管理人なんていないようなもんやしな」

「そうなのか」

桐嶋は窓から隣のビルの窓辺に飛び移った。

「姐さん、俺の手を摑《つか》んでくれ」

ビルは建築法を無視していると思うほど近く建てられているが、窓はそれぞれ少しずつずれている。桐嶋は氷川に向かって両手を差しだした。

「これくらいなら大丈夫だよ」

氷川は窓枠に屈《かが》んで立つと、隣のビルの窓辺に足を伸ばした。それだけで、無事に隣のビルの窓辺に着く。もちろん、このようなことをしたのは生まれて初めてだ。

窓から忍びこんだところは廊下の端《はし》にある喫煙スペースで、ベンチと灰皿とともに自動販売機も置かれていた。

「姐さん、大丈夫ですか？　今までにこういうサバイバルをしたことないやろなぁ」

単に心配しているのか、帰れと暗に言っているのか、桐嶋の意図が摑めないが、氷川はにっこりと微笑《ほほえ》んだ。

「こんなことで怖がっていたら、藤堂組に殴り込めないと思うけど？」

「……ん、そうでっか。ほな、行きまっせ？」

タイル張りのビルは無人で明かりはついていない。氷川は桐嶋の広い背中について、一種独特の匂《にお》いのする廊下を歩いた。

「桐嶋さん、このビルに警備員はいないの？」

「仕事なんて全然せんでマンガばっか読んどう警備員ならおる。巡回なんて絶対にせえへん」

「そうなのか、なんのための警備員かわからないね」

桐嶋が突き当たりにあった窓を開けると、隣接する白いビルのバルコニーが広がっていた。いくつもの大きなパラソルの下には白いテーブルや椅子《いす》があるが、洒落《しゃれ》たデザインのライトの鉄柱は折れ曲がっている。白いベンチの下には灰皿や空き缶が転がっていた。

「こないなとこにカフェを作ってもあかん」

桐嶋は泥沼と化している噴水を見下ろしながら、吐き捨てるように言った。メニュー表らしき黒板が『WELCOME』のプレートを咥《くわ》えた犬の置物とともに、一際《ひときわ》大きなパラソルの下で倒れていた。

「潰《つぶ》れたカフェ？」

氷川も視線を下に流して、横たわっている観葉植物の鉢植えを眺めた。ここからでは明確にわからないが、観葉植物は枯れているだろう。

「そや、最初から最後まで大赤字やった。なんでこないなとこにカフェを作ったんかわからへん」

桐嶋は窓枠に屈んで立つと、慣れた動作でバルコニーに飛び降りた。しかし、桐嶋は苦しそうに脇腹《わきばら》を押さえる。

「桐嶋さん、大丈夫？　君は骨折しているんだよ？」

「平気や。ちょっと着地に失敗しただけ」

桐嶋が嘘《うそ》をついていることは明らかなので、氷川はたまらなくなってしまう。

「もうっ……」

氷川に何を言われるのかわかったのだろう、桐嶋は満面の笑みを浮かべると左右の手を広げた。

「姐さん、飛んでや。ぐずぐずしとう暇はないんやで」

氷川も桐嶋がしたように窓枠に屈んで立って、目的地点である隣のビルのバルコニーを見下ろした。飛べない距離ではない。

氷川は思い切ると、勢いよく飛んだ。

「痛……」

固いコンクリートの地面で尻《しり》もちをついたが、無事に目的場所に飛び移ることができた。

「姐さん、大丈夫ですか？」

桐嶋が真っ青な顔で氷川のそばに膝をついた。

「……うん、平気」

「尻もちでよかったんやな」

氷川の顔に傷がないことを確認すると、桐嶋は安堵《あんど》の息を吐いた。

「大丈夫、行こうか」

氷川が立ち上がり、ほぼ正面にある自動ドアに向かって進もうとしたが、桐嶋は端にある小さなドアを差した。

「姐さん、こっちや」

軋《きし》むドアを開けると、真っ暗な廊下が続いている。こちらのビルにも人の気配はない。

「桐嶋さん、このビルは何？」

「なんでか知らんけどテナントが入らへんお化け屋敷ビルや。入っても家賃を踏み倒して逃げていくんや。一階には風俗が入っているんやけどな」

「不景気だからね」

氷川はそう言うしかなかった。不景気の波は医療業界にも押し寄せてきて、破産する病院も後を絶たない。氷川の義父《ちち》が院長を務めている氷川総合病院の経営状態も芳《かんば》しくなかった。

「そや、どこもかしこも不景気や」

「患者さんが気の毒だから医療費の値上げはやめてほしいんだけどね」

「姐さん、いい先生やなぁ」

桐嶋はどこか誇らしそうに氷川を褒《ほ》め称《たた》えた。氷川の舎弟だと自負しているからだろう。

「ほかの先生も同じことを言っているよ」

性格に問題のある医師も女癖の悪い医師も、氷川と同じ意思を抱いていた。高くなる医療費に苦しむ患者を思ってだ。

「そうなんか」

桐嶋と氷川は地下に下りると、どこまでも続く長い廊下を非常灯の明かりを頼りに歩いた。

壊れたシャッターを境目に、天井の色がほんの少し変わったような気がする。床の老朽化具合も微妙に違う。

「桐嶋さん、もしかして、違うビルに入った？」

「そや、お化け屋敷ビル一号とお化け屋敷ビル二号の地下は繋《つな》がっとるんや」

「お化け屋敷ビル一号に二号……本当に不景気なんだね」

氷川が不景気を改めて嚙《か》み締《し》めると、桐嶋が肩を竦《すく》めた。

「一号も二号も藤堂組のビルやけど、藤堂はもう匙《さじ》を投げとうで。買い手もつかへんのや」

桐嶋から思いがけないことを聞いて、氷川はどこもかしこもシャッターが下りている地下を見回した。

「……え？ 藤堂組のビルなの？ えっと、さっきテナントが入っても家賃を払わないで逃げていくって言ったよね？ 藤堂組の、そのヤクザから家賃を踏み倒すの？」

オーナーが暴力団だと知ってビルに店を構えたのか、知らずに店を構えたのか、どちらかわからないが、家賃を払えずに逃げたという店子《たなこ》に氷川は驚いた。

「せや、カタギさんにもものごっついのがおんで」

本職であるヤクザを凌駕《りょうが》する一般人がいると、氷川は今までに何度か聞いたことがあった。

「そういえば、そういうことを聞いた覚えがある」

「今はそういう時代なんかもしれへん。ヤクザなんかもうあかんのや。サツの取り締まりもきつくなるばかりやしな」

桐嶋の口ぶりから極道の行き詰まりを感じる。氷川は新しい形の暴力団を模索している清和の苦悩を脳裏に浮かべた。

「うん……」

「そもそも、何を血迷ったか、このビルの商売に手を出したんは弓削《ゆげ》なんやけどな。大赤字を出したんや。その穴埋めに藤堂は苦労したはずやで」

藤堂組も眞鍋組のように近代的な経営に乗りだそうとしていたのかもしれないが、無残にも儚《はかな》く敗れたようだ。

「藤堂さんが穴埋め……シャブで？」

暴力団の古典的な資金調達が氷川の口から自然と漏れると、桐嶋は悲しい顔で呟《つぶや》くようにポツリと言った。

「和もシャブなんか本当は死ぬほど嫌いやで」

藤堂は麻薬を死ぬほど嫌悪《けんお》していても、組のために金のために扱うのだ。断固として麻薬の売買を禁止した清和とは違う。

「それなら扱わなきゃいいのに」

「俺もそう思うで」

氷川と桐嶋は視線を交差させると苦笑を漏らした。それから、階段で五階に上がった。

「おっしゃ、あったわ」

桐嶋は剝《は》げかけた床に落ちていた鉄パイプを拾うと、軽く振り回した。どうやら、武器にするらしい。

五階の突き当たりには大きめの窓がある。桐嶋は窓を開けると、ズボンのポケットから携帯電話を取りだした。

「姐さん、眞鍋組の兄さんから借りたっちゅうか取った携帯や」

桐嶋に携帯電話を手渡されて、氷川は怪訝な顔で聞き返した。

「うん、それで?」

「姐さん、おおきに。ここでお別れします。眞鍋組の組長に電話して迎えに来てもろてや」

桐嶋はそう言うや否《いな》や、鉄パイプを持ったまま隣のビルの窓の下にある出っ張りに飛び移った。今度は氷川が軽く飛んで渡れそうな距離ではないし、窓の下にある出っ張ったスペースは狭い。

驚いたのは桐嶋に置いていかれた氷川だ。桐嶋に向かって叫んだ。

「桐嶋さん、僕をおいていくのっ?」

ビルとビルの間に吹く風はやたらときつかった。五階から落ちたら、無事ではすまないだろう。運動能力が高いとは口が裂けても言えない氷川には到底無理だ。もちろん、桐嶋にもそれはちゃんとわかっている。わかっているからこそ、桐嶋はこのルートを取ったのだ。彼はひとりで死に花を咲かせるつもりなのだろう。

「姐さんには後のことをお願いします。藤堂はそないに悪い奴ちゃうんや。本当の藤堂を知れば姐さんも気に入ると思うで。藤堂は俺が必ず病院送りにするんで、それからのことはお願いしますわ。藤堂を守ってやってや」

桐嶋がペコリと頭を下げた時、ブラインドが下りていた窓が開いて、煙草《たばこ》を口にした藤堂が顔を出した。

どうしてここに藤堂がいるのか、驚愕《きょうがく》で氷川は窓から身を乗りだす。その拍子《ひょうし》に桐嶋から手渡された携帯電話を窓の外に落としてしまった。

「元紀《もとき》か？」

藤堂が声をかけた瞬間、桐嶋は低く凄《すご》んだ。

「和、お前はなんてことをやりやがったんやっ」

桐嶋は凄《すさ》まじい勢いで、煙草を手にした藤堂に飛びかかった。耳障《みみざわ》りな破壊音が響いてくるが、氷川にはどうなっているのかわからない。

「お化け屋敷ビルの隣が藤堂組の総本部だったのか」

どうするべきか、氷川は真剣に迷った。行くか、行かないか、氷川が取るべき行動はどちらかなのである。桐嶋から手渡された携帯電話は落としてしまったので、清和に助けを求めることはできない。

死ぬ覚悟を決めている桐嶋を死なせたくない、という思いが一番強かった。

桐嶋にできたのだから、やってできないことはない。窓の中に飛び込めばいいのだから桐嶋よりは楽だ。氷川は意を決すると、隣のビルの窓に飛び込んだ。

「痛……」

ビル風に助けられる形で、藤堂組の本部の床に滑り込んだ。固い床でしたたかに顎《あご》を打ったが、今は痛がっている場合ではない。目の前では夜叉《やしゃ》と化した桐嶋が、白いスーツを粋《いき》に着こなした藤堂に鉄パイプを振り回していた。

「姐さん……」

桐嶋は窓から飛び込んできた氷川に驚いていたが、それ以上、何も言わなかった。目の前の藤堂を倒すことに桐嶋は必死だ。

すでに藤堂組の若い構成員がふたり、重なるようにして床に倒れていた。大理石のテーブルの下には血だらけの大男が転がっているし、優雅なデザインのコンソールの前では髪の毛の長い構成員が苦しそうに下肢を痙攣《けいれん》させている。転倒した北欧製のキュリオケースの下には血塗《ちまみ》れの構成員がいた。電光石火の早業《はやわざ》で、桐嶋が倒したのだろう。

「姐さん、ようこそ。ロマネ・コンティでもいかがですか？」

藤堂は桐嶋が振り下ろした鉄パイプを躱《かわ》しながら、いつもの調子で口を開いた。こんな時でも憎たらしいほど余裕がある。

「藤堂さん、もうわかっているでしょう。引退して」

氷川は痛みをこらえて床からのろのろと起き上がると、藤堂に向かって力んだ。

しかし、藤堂は楽しそうに口元を緩めた。極彩色の般若《はんにゃ》を背中に刻んだ彼に引退する気はまったく見られない。

間髪容《かんはつい》れず、桐嶋は藤堂に鉄パイプを投げつけると同時に責め立てた。

「和、なんで弓削を殺したんや。アホか、いくら金を使いこんでおっても、殺すアホがどこにおるっ」

桐嶋と藤堂の身長は同じぐらいだが、筋肉のつき方がまるで違う。桐嶋のほうが遥《はる》かに逞《たくま》しい印象だ。体格が腕力に比例しているのか、桐嶋は藤堂の襟首を摑《つか》むと白い壁に打ちつけた。

「お前まで俺を疑うのか？」

藤堂は悲しそうな表情を浮かべたが、十中八九、嘘だろう。桐嶋は藤堂の嘘に騙《だま》されたりはしなかった。白い壁に藤堂の頭を容赦なく打ちつけながら言葉を返した。

「和、ジブン以外に誰がおるんや？　眞鍋のリキもなんで殺したんや。今は殺したらあかんやろ？　リキを殺された眞鍋がどう出るか、わかっとるやろが、この世界一のドアホーッ」

桐嶋の魂が迸《ほとばし》るような叫びを聞いて、藤堂は喉《のど》の奥で笑った。どうしてこの場面で藤堂が笑うのか、氷川は不思議でならないが、桐嶋も同じ気持ちを抱いているらしい。目を吊《つ》り上《あ》げると、腹の底から絞りだしたような声で凄んだ。

「和、ここは笑うとこちゃうで」

桐嶋は藤堂の襟首を摑み上げた。

「元紀、眞鍋の策士に騙されたな」

ふっ、と鼻で笑った藤堂に、桐嶋は凜々《りり》しい眉《まゆ》を顰《ひそ》めて聞き返した。

「なんやて?」

「あのリキがそう簡単に死ぬわけないだろう。お前は眞鍋に騙されて、利用されたんだ。二度目の逃亡はわざと見逃されたのさ」

思いもよらなかったことを藤堂から聞いて、驚いたのは桐嶋だけではない。氷川も驚愕のあまり、口を開けたまま固まってしまった。

そもそも、清和が頂点に立つ眞鍋はそんなに甘い組織ではない、と氷川に説いたのはほかでもない桐嶋である。

桐嶋はすぐに自分を取り戻した。もう、そんなことはどうでもいいのだ。桐嶋の目的はひとつしかない。

「もう、騙されたんでも利用されたんでもええ。けど、お前にヤクザはあかん。引退させるでっ」

桐嶋が藤堂の鳩尾《みぞおち》に固く握った拳を入れた時、藤堂組の若い構成員たちが息を切らして入ってきた。

「遅くなって申し訳ありません……えっ？」

グッチのベーシックなスタイルのスーツに身を包んだ構成員は、組長室の様子を確認すると硬直した。藤堂と旧知の仲である桐嶋が壮絶な大乱闘を繰り広げているし、そばには眞鍋組の二代目姐として大切に崇《あが》められている氷川がいる。

「……桐嶋さん？　お客人の桐嶋元紀さんですよね？」

細い格子柄《こうしがら》のベルサーチのスーツを着た構成員は啞然《あぜん》とした面持ちで、桐嶋を人差し指で示した。

「眞鍋の組長の姐さん？　二代目組長の男のカミさんですよね？」

手に木刀を持っている構成員は、氷川の姿を見ると息を吞《の》んだ。ほかの構成員たちも一様に驚いている。

「眞鍋の姐さんを捕まえろ。だが、怪我《けが》はさせるな」

藤堂が立ち竦んでいる構成員たちに叱咤《しった》するように命令した。その隙《すき》を狙《ねら》って、桐嶋は藤堂に激しい回し蹴りを決める。

「組長っ」

腕に自信がありそうな体格のいい構成員が数人、劣勢の藤堂を助けるために桐嶋に飛びかかった。ほかの構成員たちは氷川の周りをグルリと囲む。

「眞鍋の姐さん、暴れたら綺麗な顔に傷がつきますよ」

髑髏《どくろ》を象《かたど》ったシルバーのブレスレットをした男の手が氷川に伸びた。氷川は一歩身を引いたが、四方八方囲まれていて逃げる場所がない。誰かに掴まれたら非力な氷川はおしまいだ。それは氷川自身、よくわかっている。ポケットに用意していた手製の爆発物の導火線に火をつけると、誰もいないところに向かって投げた。

「みんな、危ないからふせてっ」

氷川が大声で叫んだ瞬間、爆発音とともに白い壁が崩れ落ちる。白い煙が立ち込める中、瓦礫《がれき》の向こう側にエレベーターが見えた。

「……な」

氷川に迫っていた若い構成員たちは腰を抜かして、粉塵《ふんじん》が舞い散る床にへたりこんでいる。額に破片を受けた構成員は未《いま》だに何が起こったのか把握できないらしく、魂を吸い取られたような顔をした。

一番威力の弱い爆発物だったが、氷川を侮《あなど》る藤堂組の組員たちには効果はあったようだ。

「実はこういったものは意外と簡単に作れるものなんです」

氷川は患者に対するように手製の爆発物について、呆然《ぼうぜん》としている藤堂組の構成員たちに語った。

「……ああ、医者だったたか？　そういうことも得意なのか？」

比較的歳《とし》を重ねている構成員が、氷川の職業を指摘した。

「はい、医者ですから誰も殺したくありません。今のより、十倍の威力があるのも百倍の威力があるのも作りました。僕は藤堂組の本部を破壊したくないのでおとなしくしてください。僕に近づかないように」

氷川のあまりの言い草に、藤堂組の構成員たちは口を開けたまま固まった。

ぶっ、と桐嶋は派手に吹きだしたが、摑んでいた構成員の顔を鏡に打ちつけて失神させる。鏡の破片が桐嶋の額と頬を掠《かす》めた。

氷川は手製の爆発物を詰め込んでいるポケットに右手を入れて、周囲にいる藤堂組の構成員たちに語り続けた。

「今のより凄い爆発音が響いたら警察が来ると思います。困るでしょう？　動かないでください。そして、これからのことを考えましょう。藤堂さんは本日付をもって退職されます……退職というのは語弊がありますね。藤堂さんはヤクザを引退されます」

氷川を囲んだ藤堂組の構成員たちは困惑しきっていて、誰も動こうとはしなかった。

騒動を聞きつけた藤堂組の構成員がまた新たにやってくる。彼らは破壊された組長室の一角を見て動揺したが、決して怯《ひる》んだりはしない。ジリジリと氷川に迫った。

桐嶋が腕の立つ構成員を倒したが、敵が多すぎて追いつかない。藤堂は悠然とした態度で切れた唇の端を手で拭《ぬぐ》いつつ、氷川に声をかけた。

「眞鍋の姐さん、サツが乗り込んできたら困るのはそちらだと思いますよ。どうしてか説明しなくてもわかりますね」

藤堂の言葉に耳を傾けていると、いつの間にか氷川の背後に日本刀を手にした若い構成員が立っていた。

「銃刀法違反」

氷川が臆《おく》せずに言うと、日本刀を手にした若い構成員は軽く笑った。周囲の構成員たちからも失笑が漏れる。

「眞鍋の姐さん、綺麗な顔に傷をつけたくないので暴れないでください」

氷川の真っ白な頬に冷たい日本刀の刃《やいば》がそっと触れる。これくらいで動じていたら、なんのために藤堂組の本部に飛び込んだのかわからない。この戦いは少しでも弱気になったら負けだと、氷川は本能的に悟っていた。手負いの桐嶋の体力と気力が尽きる前にカタをつけなければいけない。氷川はふたつめの爆発物を選んだ。絶対に負ける気はない。

「僕に怪我をさせるな、って藤堂さんが命令したでしょう」

氷川が高飛車に言うと、背後にいる背の高い構成員は低く唸《うな》った。

すかさず、氷川はポケットに入れていた爆発物に火をつけると、見事な油絵が飾られている壁に向かって投げた。

その瞬間、誰ともわからない悲痛な声が響き渡る。

不気味な爆発音とともに、高名な画家の絵画も壁も跡形もなく消え去り、むせ返るような粉塵の中に剝《む》きだしの鉄筋が現れた。壁の破片をまともに食らったのか、線の細い構成員と長髪の構成員が倒れ込む。

「藤堂さん、清和くんや眞鍋組は僕が責任を持って押さえます。今ならば助けてあげられます。桐嶋さんの言う通り、引退してください。藤堂さんなら新しい人生を立派に切り開いていけます。どんな仕事をしても成功すると思いますよ。医療関係ならば僕が紹介します。できる限り、応援もします。桐嶋さんと一緒に何かされたらどうですか」

氷川は真摯《しんし》な目で藤堂を見つめた。

藤堂の過去を知り同情したが、だからといって今までのことを考えるとそう簡単に許せるものではない。しかし、桐嶋があれほどまでに入れ込んでいる男なので助けたいと思った。藤堂のためではない。藤堂を守り抜こうとする桐嶋のためにだ。

桐嶋が語った優しい良家の子息はどこに消えてしまったのか、藤堂は目だけで微笑むと氷川に対する指示を替えた。

「姐さんは眞鍋最高の要注意人物かもしれない。今のうちにおとなしくさせておこう。シャブを打て」

藤堂の脳裏には氷川の利用法があれこれと浮かんでいるのに違いない。氷川はポケットに入れていた爆発物を取りだそうとしたが、背後に立っていた背の高い構成員に阻《はば》まれてしまう。

「ストップ」

背後にいる構成員の安堵の息とともに、藤堂の楽しそうな声も聞こえてきた。

「平野《ひらの》、早く姐さんにシャブを打て」

「はい」

藤堂に平野と呼ばれた背の高い構成員は左手で氷川のほっそりとした腰を摑むと、崩れた壁の向こう側にあるエレベーターに移動しようとした。

藤堂は意味深な微笑を浮かべて、氷川を摑んでいる平野を止めた。

「平野、どこに行く？　ここで姐さんにシャブを打てと言っているのがかわからないのか？」

藤堂の意を受けた構成員が、扉の向こう側にあった金庫の中からそれらしいものを取りだした。

「平野、押さえておけよ」

どこか陰惨な目つきをした構成員が、注射器を持って氷川に迫った。

「放せーっ」

氷川が力の限り叫んだ時、平野が注射器を手にした男を蹴り飛ばしていた。ほぼ同時に桐嶋も小柄な構成員を藤堂に投げつける。

「平野、やっぱりお前がハマチか」

桐嶋がニヤリと笑うと、平野は平然とした様子で答えた。

「姐さんの顔を見た時、心臓が止まるかと思いましたよ」

眞鍋組のスパイである平野ことハマチは肩で息をすると、氷川を庇《かば》うように藤堂組の構成員たちに日本刀の切っ先を向けた。

「平野、裏切るのか？」

「キサマ、あれだけ組長に可愛がられていたのに」

「眞鍋にいくら貰《もら》ったんだっ」

藤堂組の構成員たちは驚いていたが、当の本人である藤堂は軽く微笑んでいた。人に裏切られ続けてきた藤堂には、ある種の予感があったのかもしれない。

「殺したくないから引いてくれ」

ハマチは日本刀を振り回すが、藤堂組の組員の急所を斬《き》りつけることはしなかった。新しい眞鍋組を築こうと必死になっている清和の主義が、ハマチにも叩《たた》き込《こ》まれているに違いない。氷川はハマチの背中に守られるようにして立っていた。いざとなったら、殺傷能力のある爆発物を人のいない場所に投げるつもりだ。

氷川の安全を気にしなくてもよくなった桐嶋は俄然《がぜん》勢いづく。何かが乗り移ったような強さで、藤堂組の構成員たちを倒していった。とてもじゃないが、骨折している怪我人とは思えない。

「元紀、いい加減にしろ」

藤堂が金庫から出したサイレンサーの銃口を桐嶋に向けた。本気か、脅しか、それは誰にもわからない。けれども、優しげな容貌の裏に恐ろしい般若《はんにゃ》の顔が隠されていることを、この場にいる者は誰もが知っていた。たったひとりで伸《の》し上《あ》がってきた男は甘くはない。

桐嶋は二メートル近い大男にトドメの一発を入れた後、忌々《いまいま》しそうに舌打ちをした。

「和、撃てよ、撃ってみぃ。俺を撃ったらジブンは終わりやで。ジブンにはもう俺しかおれへんねんで？　わかっとうのか？」

桐嶋は自分の広い胸を叩いて、サイレンサーを構える藤堂を挑発した。

「元紀……」

藤堂は柔らかな微笑を浮かべたが、どこか苦しそうだった。常日頃漂わせている憎たらしいほどの余裕が感じられないのは、氷川の目の錯覚ではないだろう。

「俺がおらへんようになったら困るやろがっ」

巷《ちまた》に流れている評判通りの藤堂ならば躊躇《ためら》うこともなくトリガーを引きそうだが、桐嶋と対峙《たいじ》する彼はやはりどこか違う。サイレンサーの銃口を桐嶋に向けてはいるが、トリガーを引こうとはせずに、いつもより穏やかに優しく尋ねた。

「元紀、どうして俺の邪魔をする？」

藤堂にとって桐嶋の行動は理解し難いものらしい。悲しいかな、桐嶋の心はまったく藤堂に届いていなかった。

「邪魔ちゃう、ジブンを助けたいだけや。たとえ、眞鍋組がのうなっても、和は殺される。死ぬまで眞鍋の残党に狙われるんやで」

桐嶋が頰を紅潮させて力説したが、藤堂は他人事《ひとごと》のように飄々《ひょうひょう》としている。

「その時はその時さ」

藤堂にも桐嶋と同じように生に対する執着がないように感じられて、氷川は戸惑ってしまった。非道なことに手を染めてでも生き抜いてきた男だと思っていたからだ。

「そんなノンキなことを言うてられんのも今のうちや。あかん、ちゃっちゃと引退せぇ。引退せぇへんのやったら俺が病院に送ったる」

藤堂の態度に憤慨して、桐嶋の形相は鬼と化した。固く握った拳で、藤堂の甘く整った顔を殴り飛ばす。

藤堂はよろめいて白い壁に背中を打ったが、手にしたサイレンサーはそのままだ。体勢を立て直すと桐嶋に照準を合わせた。

「俺は二度とカタギに戻らないつもりで般若を彫った」

氷川は清和の口から、今の藤堂と同じ言葉を聞いたことがある。睡眠中の清和に無理やり麻酔を打って、刺青《いれずみ》を剝いでやろうと思ったことは一度や二度ではない。

「俺に断りもなく刺青なんか彫るからや、このドアホっ」

桐嶋は背後に迫っていた若い構成員の顔面に肘《ひじ》を食らわせる。顔面が血塗れになった構成員の身体をそのまま藤堂に向けてボールか何かのように投げた。

飛んできた血塗れの若い構成員を藤堂は軽くよけると、シニカルな微笑を浮かべて言った。

「お前にだけはドアホと言われたくないな」

「ジブン、一度死んでこいやっ」

死なせたくない、と切に願っている相手に対する言葉ではないが、それが桐嶋なのかもしれない。

藤堂も桐嶋の言い草に笑いつつ、眩《まぶ》しそうな目で純粋な男を眺めた。

「お前は全然変わらないな。少しぐらい成長しているかと思ったが」

「何が成長や、ジブンはホンマにおかしい。俺が知っとう和はそんな男ちゃうで」

「元紀、もうここまでだ」

繰りだされる桐嶋の右腕から身を躱すと、藤堂はサイレンサーのトリガーをとうとう引いた。プシュー、という不気味な音が響き渡る。

藤堂のサイレンサーから発射された銃弾は、桐嶋の足元に転がっていたクッションに撃ち込まれた。続いて、二発目の銃弾は桐嶋の両膝の間を潜り抜け、転倒しているソファに飲み込まれる。

「和、おもいきし外しとうで」

「実は人間を的にするのは初めてなんだ」

「ジブン、スカした顔で大嘘つくんやなぁ」

どうやら、藤堂は桐嶋の膝から下をサイレンサーで狙っている。桐嶋に致命傷を負わすつもりはないらしい。やはり、氷川が思ったように藤堂は桐嶋にだけは甘くなる。だが、このままではいつか桐嶋は藤堂組の組員にやられてしまう。

氷川は床でぐったりと伸びている構成員の靴を脱がせると、藤堂の後頭部に向けて力の限り投げた。

「……ん？」

藤堂は背後から飛んでくる靴に気を取られる。

その隙を桐嶋は逃さなかった。藤堂の鳩尾に抉《えぐ》るようにきつい一発を決める。

ダメージが大きかったのか、藤堂は端整な顔を歪《ゆが》めて身体をくの字に折った。

「和、お前には俺がいるんやからそれでええやろ、引退やっ」

仕上げとばかりに桐嶋が藤堂の後頭部に拳を振りおろそうとした瞬間、不気味なサイレンサーの発射音が響き渡った。桐嶋の肩が瞬く間に血の色に染まる。

いったい誰が、と氷川は真っ青な顔で振り返った。

「藤堂組長、何をしとんや？　オヤジが見込んだ藤堂組長らしくないやんか。見損なったで」

赤いシャツに銀のストライプが入った黒いスーツという極道ファッションに身を包んだ男が、二発目の銃弾を桐嶋に撃ち込んだ。

「元紀、久しぶりに会《お》うた兄貴分に挨拶《あいさつ》はナシか？」

「……田口《たぐち》さん」

桐嶋が田口と呼んだ関西訛《なま》りの中年は長江組の構成員で、組長である大原《おおはら》の古参の舎弟だ。田口の後ろには、藤堂組の構成員とは雰囲気の違う男たちが並んでいた。彼らが長江組の構成員であることは容易に察せられる。氷川は国内最高の力を誇る長江組の登場に背筋を凍らせた。藤堂は床に倒れ込んだまま微動だにしない。

「元紀、とりあえず、寝とき」

田口は大きく開いた胸元に飾っていた太い金のチェーンネックレスを左手で弄《いじ》りながら、楽しそうに右手にあるサイレンサーのトリガーを引いた。

「うっ……」

三発目をその身に受けた桐嶋は、低い呻《うめ》き声《ごえ》を上げてよろめいた。彼の逞しい体軀《たいく》から血が滴り落ちる。

四発目、五発目と続けざまに撃ち込まれる銃弾は、確実に桐嶋の命を脅《おびや》かしていた。むせ返るような血の臭いに氷川はどうにかなりそうだったが、長江組の組員たちが周囲を取り囲んでいるので身動きすら取れない。ハマチは短刀を持った長江組の組員たちと睨《にら》み合《あ》っていた。

「あばよ、あの世でまた飲もうな」

田口は寂しそうに笑うと、桐嶋に六発目の銃弾を撃ち込もうとした。

「撃たないでーっ」

氷川が泣きながら叫んだ時、不気味な音が響いたかと思うと、田口の腹部から血が噴きだした。

田口を銃弾で撃ち抜いたのは、床に倒れていた藤堂だ。

「……藤堂？」

田口は信じられないといった風情で藤堂を見つめた。

「許してください。俺にはそいつしかおらんのです」

藤堂は故郷訛《ふるさとなま》りの言葉でボソっと呟いた。

氷川は初めて藤堂の口から弱音を聞いた気がする。その瞬間、氷川は何かに突き動かされるようにして大声を張り上げた。

「今、ここに藤堂組の解散を宣言します。藤堂和真《かずま》はヤクザを引退して普通の男になります。長江組の皆様、お帰りください」

　氷川に続いて、血の海に立つ桐嶋が仁王立ちで凄んだ。

「そや、藤堂組は解散や。藤堂は引退してカタギになるんや。藤堂組のシマは俺が引き継ぐわ。氷川組系桐嶋組の看板を掲げさせてもらうで」

　桐嶋の言葉に驚いたのは氷川だけではなかった。腹部から血を流している田口も床に倒れたままの藤堂も日本刀を握っていたハマチも、みんな、一様に驚愕して声を失っていた。

「あ〜、元藤堂組の奴ら、俺の舎弟になるなら残れ。俺と張り合うならここで勝負せぇ。言うとくけど俺は負けへんで」

　撃ち抜かれた腹部を押さえる手は微《かす》かに震えているし、額には脂汗が滲《にじ》んでいる。鉛弾を五発も食らって勝負どころの話ではないが、桐嶋は凄まじい迫力で藤堂組の構成員たちを見据えた。

　もとより、藤堂組の構成員の中に組長になろうという気骨のある男はいない。すごすごと桐嶋の前に並ぶと、いっせいに頭を下げた。彼らにしてみれば組長は藤堂でも桐嶋でもいいのだ。

「これで氷川組系桐嶋組の誕生や、田口さん、お引き取り願いましょか」

　桐嶋は慇懃《いんぎん》無礼《ぶれい》な態度で田口にエレベーターを手で示した。

「ジブン、アホか、長江を破門された奴が何を言うとんねん」

ぷっ、と鼻で笑った後、銃弾が一発残っているサイレンサーを桐嶋に向けた。どうやら、田口は桐嶋を消したいらしい。間違いなく、田口は桐嶋が長江組の組長の負い目であることを知っている。

「もう、西には二度と戻らへん。俺はこっちで骨を埋めるわ」

桐嶋が生まれ故郷に別れを告げた時、長江組の若い構成員が血相を変えて飛び込んできた。

「周りを眞鍋組の奴らに囲まれています」

その一言で長江組と元藤堂組の構成員たちは騒然となった。

「うわっ、あっちにもこっちにも……」

元藤堂組の若い構成員は窓から外を眺めて、悲鳴にも似た声を上げる。

長江組の組員は藤堂のデスクに置かれていたパソコンのモニターで、総本部ビルの周囲がどのような状態かを確認した。

「あの人数で殴り込まれたらあかん。おまけに、眞鍋の二代目が正面玄関におる」

長江組の組員は口惜《くや》しそうに舌打ちをした。

清和の名を聞いた瞬間、氷川の胸に熱いものがこみ上げてくる。

身を挺《てい》して氷川を守っていたハマチも安心したような顔をした。それでも、手にした日本刀を離そうとはしない。

眞鍋組の登場に思うところがあったのか、桐嶋は藤堂のデスクに置かれていた電話を手に取ると田口に言った。

「田口さん、大原のオヤジに一言入れておくわ」

桐嶋は田口の返事も聞かずに、大原のプライベート用の携帯電話の番号を押した。いつもは頭が悪いと罵《ののし》られることも多いが、命をかけて仕えようとした大原の携帯番号は覚えている。

「ご無沙汰《ぶさた》しております、元紀です……はい、はい、おかげさまで元気にやっております。ほんで、東の藤堂和真のことですが、あいつは引退しました。本日、藤堂組は解散しました。俺が藤堂組のシマを貰いました……オヤジ、見損なわないでくれませんか？桐嶋組がオヤジに刃を向けることは絶対にあらへん……はい、はい、ほんで、田口さんに帰ってもらいたいんですわ……はい、ありがとうございました。おおきにです」

電話の向こう側にいる長江組の組長の大原がどのような顔をしているのか、氷川には想像することもできないが、桐嶋の口調から察するに上手くことは運んだようだ。いや、桐嶋が藤堂の引退を過去形の断定口調で言い切ったからかもしれない。

「田口さん、大原のオヤジの了解を貰いました。お引き取り願いますわ」

桐嶋は電話を置くと、田口に視線を流した。

田口は大きな溜め息をつきながら、サイレンサーをホルダーに収める。銃弾をその身に食らったせいか呼吸は荒いが、鋭い目つきは変わらない。何も言わずにクルリと背を向けた。

「田口さん、地下二階の倉庫の奥にある通路を使ったら、眞鍋組の奴らと顔を合わせずにすむ……すまへんかもしれへん。眞鍋のことやから出口に張りこんどうかもしれへん。この窓から隣のお化け屋敷ビルに飛び移ったらどないですか？」

「元紀、俺を誰だと思うとるんや？　俺は長江の男やで？　なんで眞鍋ごときのために道を変えるんや。お前も組を構えるんならちょっとは考えてもの言いや」

桐嶋の気遣いを田口は広い背中でピシャリとはねつけた。すべてにおいて国内最高の暴力団と畏怖《いふ》されている長江組の男には、それ相応の自尊心があるらしい。エレベーターに乗り込む田口の背に、桐嶋は一礼した。

「……ん」

藤堂は起き上がろうとしたが、自力では起き上がれないらしく、血が飛び散っている床で低く唸っている。氷川は宿敵のそばに近寄ると膝を折った。

「藤堂さん、長江組の田口さんを撃っちゃったから、もう、ヤクザを引退するしかないですよ。わかっていますよね？」

氷川は慈愛に満ちた表情を浮かべて、切れた藤堂の唇をハンカチでそっと拭った。せっかくの端整な顔立ちも台無しだ。

「姐さん、可愛いな」

氷川の後頭部に藤堂の右手が回ったと思うと、怪我人らしからぬ強い力で引き寄せられた。抵抗する間もなく、氷川の唇が藤堂に奪われる。

一瞬、その場は静まり返った。

ハマチに止血されていた桐嶋も、口をあんぐりと開けたまま硬直している。元藤堂組の構成員たちもその場に固まっていた。

氷川自身、己の身の上に何が起っているのか判断できない。

「おい、何やっとうねん」

我に返った途端、血相を変えて怒鳴ったのは桐嶋で、ハマチは血糊《ちのり》のついた日本刀を再び握りしめた。

氷川も桐嶋の怒鳴り声で己を取り戻す。

「藤堂さんっ」

真っ赤になった氷川が唇を手で押さえて離れると、藤堂は楽しそうに笑った。

「俺に唇を奪われたと眞鍋の二代目に伝えてください」

清和が知ったらどうなるか、藤堂は想像してほくそえんでいるようだ。氷川は確かめなくても藤堂の意図がわかった。

「清和くんを悔しがらせたいの？」

氷川は口を手で押さえたまま、再度、藤堂の顔を覗き込んだ。

「当然でしょう」

藤堂は氷川の視線を柔らかな微笑で受け止める。決して目を逸らしたりはしない。

「もう、どうしてそんな……」

「姐さんを奪って、二代目を泣かせたかった。それだけが残念でならない」

氷川にしてみれば藤堂の行動も考え方も理解しかねる。言葉をいっさい飾ることなく、ストレートに尋ねた。

「清和くんにどうしてそんな意地悪ばかりするの？」

「憎たらしいからです」

羨ましいからです、という藤堂の本心が氷川の胸に伝わってきた。確かに、清和は藤堂より何倍も周りに恵まれている。だけど、それで今までの藤堂の悪行を許せるはずもない。

「これからはそんなことを考えないでください。第一、藤堂さんには桐嶋さんがいるでしょう」

「……キスのお礼にひとつ情報を進呈しましょう。姐さんの可愛い清和くんが高校三年生の時の話です。清和少年は元藤堂組の小出恭介《こいできょうすけ》を病院送りにしました。小出恭介は搬送先の病院で死亡したが、実際に殺したのは元藤堂組の弓削です。俺が命令しました」

清和が極道の道に進むきっかけとなった陰惨な事件の真相を、藤堂は平然とした様子で語った。やはり、清和が睨んでいた通り、手を下したのは藤堂だったのだ。自然と氷川の身体が震えていた。

「あんなことさえなければ、清和くんはヤクザにならなかった。もう、なんてことをしたんだ」

本来ならば清和にはもっと違う未来が開けていたはずだ。あれがすべての元凶だと思うと、藤堂を詰《なじ》らずにはいられない。

「遅かれ早かれ清和少年はヤクザになっていました。それだけは確かです。姐さんの清和くんは俺なんかが束になってかかっても敵《かな》わないヤクザですよ」

事実上の敗北宣言とも取れる藤堂の言葉を聞いて、氷川は複雑な気分になった。ヤクザとして褒められても、当然ながら手放しでは喜べない。

「藤堂さん、それは褒め言葉じゃない」

「褒めているんですけどね。あんなガキに完敗です」

あんなガキとはいうまでもなく清和のことだ。藤堂の声音にはどこか親しみすら込められている。

大事な清和をガキ扱いされても、氷川は苛立《いらだ》ったりしない。普段、誰よりも清和を子供扱いしているのは氷川だからだ。それでも、ガキと称した清和にしてきた小汚い攻撃について腹が立った。

「あんなガキ相手にどうして……っと、こんなことをしている場合じゃない。桐嶋さん、どこに行くの？　出血多量で死ぬよ」

氷川が藤堂に気を取られていると、いつの間にか桐嶋がエレベーターに乗り込んでいる。恐ろしいことに、桐嶋が歩いた後には血が点々としていた。すでに何ヵ所かハマチが止血していたが、それでどうにかなるような状態ではない。

「眞鍋組に挨拶してきますわ」

桐嶋は氷川に向かって軽く手を挙げた。彼は彼なりに礼儀を尽くそうとしている。基本的に桐嶋は義理堅い男だ。

「桐嶋さん、待ちなさい。僕も行く」

氷川は立ち上がると、閉まりかけているエレベーターの扉に男とは思えないほど白くて繊細な手と足を挟んだ。よいしょっ、という掛け声をかけて、そのまま強引にこじ開ける。日本人形だと絶賛される楚々《そそ》とした美貌《びぼう》の持ち主とは思えない動作だ。

「姐さん……」

苦笑を浮かべた桐嶋と一緒にエレベーターで一階に降りた。

「桐嶋さん、大丈夫？」

呼吸が荒い桐嶋の身体を支えるように氷川は腕を回した。

「姐さん、大丈夫ですから手をどけてください。眞鍋の組長に見せとうない」

差しだした手を桐嶋に拒まれたが、氷川は詰ったりはしなかった。そういう男だから仕方がない。

氷川と桐嶋は人気《ひとけ》のないエレベーターホールを通り抜けて玄関口に向かう。磨き抜かれた床に点在している血は、長江組の田口の落し物だろう。桐嶋の身体からは血の臭いがするが、足取りは確かで微塵《みじん》も揺るがない。だが、氷川としては気が気でなかった。

「桐嶋さん、すぐ病院に……は駄目だから、すぐに外科医を呼ぼう」

氷川の瞼《まぶた》には酒瓶を離さないモグリの医者が浮かんだ。

「姐さん、俺より眞鍋の皆さんを心配してやってください。組長、もしかしたらハゲてるかもしれへん」

桐嶋は神経性の脱毛症を示そうとしているのか、自分の髪の毛を摘《つま》むと微妙な動きをしてみせた。

「清和くんがハゲ?」

突拍子《とっぴょうし》もないことを言われたので、氷川はポカンと口を開けてしまった。髪の毛が薄くなった清和など、一度も想像したことがなかった。

「あ、組長がおるで」

「ハゲてる？」

氷川はメガネのフレームに手をかけて目を細めたが、清和の髪の毛の具合を確かめることはできない。

「ハゲはいやですか？」

「清和くんならなんでもいいけど」

総本部ビルの正面玄関の前には、眞鍋組の幹部たちが並んでいた。中心に立つ長身の若い男は氷川の大切な清和だ。彼の右には眼光の鋭いリキが影のように寄り添い、左には悠然と微笑む祐がいた。

藤堂が指摘した通り、眞鍋の中核を成すリキは生きている。この分だと京介の意識不明の重体も策士である祐の嘘だろう。

「桐嶋組の組長にご挨拶したいと思いまして参上しました」

祐が凛とした態度で言い放つと、桐嶋は深々と頭を下げた。

「丁寧なご挨拶、ありがとうございます。……俺の見張りが可愛い祐ちんとごついのふたりだけになったからおかしいとは思ったんや。全部、可愛い祐ちんが描いていたシナリオ通りになったんやな」

祐は桐嶋を逃亡させるためにわざと隙を作ったのだ。目論見通《もくろみどお》り、桐嶋は祐と屈強な見張りを倒して逃げだした。そして、藤堂を屈服させて、長江組を引かせた。

「姐さんと荒っぽい抗争にはしないとお約束しましたから、うちの虎《とら》が狙撃され、弓削さんが死亡したという報告を受けた時にシナリオを書かせていただきました」

祐は何もかも包み隠さず、真実を桐嶋に告げた。真っ直ぐな桐嶋に対する祐ならびに眞鍋組の誠意だ。

「俺も藤堂も祐ちんの手の平で踊っとったんか、可愛い顔しとんのにたいした男やな」

桐嶋は怒るどころか、祐の手腕を手放しで称賛した。

氷川も祐には感心するしかない。桐嶋の組長就任など、予想だにしていなかった。血塗れの抗争にしないという約束を守ってくれたことに、氷川は心の底から感謝する。

桐嶋の称賛に氷川の感謝の目も、祐は綺麗に流していた。まったく意に介していないようだ。

「けど、俺はまだまだ未熟者です。想定外がひとつだけありました。姐さん、どういうことですか？」

それまで温和な笑みを浮かべていたが、氷川のことを口にした途端、祐の甘く整った顔立ちは小刻みに引《ひ》き攣《つ》りだした。桐嶋の隣に立っている氷川を示した人差し指は、わなわなと震えている。

清和を筆頭にリキやショウ、サメや宇治《うじ》、ほかの眞鍋組の構成員たちもいっせいに氷川を見据えた。

「……ん、桐嶋さんが心配だったから」

ズラリと並んだ眞鍋組の面々に凄まれて氷川はたじろいでしまったが、前を真っ直ぐ見つめて返事をした。

「何が心配ですかっ、姐さんが鉄砲玉の真似《まね》をしてどうするんですかっ、俺たちを殺す気ですかーっ」

祐の罵声が夜の街に響き渡った。誰ひとりとして祐を宥《なだ》めようとする者はいない。今の祐は眞鍋の金バッジをつける男たち全員の代弁者だからだ。

「祐くん、そんなに怒鳴らなくても」

「姐さん、姐さんが桐嶋と一緒に藤堂組に殴り込んだと聞いた時、安部《あべ》さんは泡を吹いて倒れました。あの安部さんがですよ？　丸山《まるやま》さんは心臓を押さえて失神しました」

眞鍋組きっての武闘派でならした重鎮の安部も丸山も、氷川の無鉄砲ぶりに度肝を抜かれたらしい。今まで安部と丸山がそのような醜態を見せたことは一度もなかった。

「……ん、心筋梗塞《しんきんこうそく》とか？　心不全とか？」

氷川は笑って誤魔化そうとしたが、祐の罵倒《ばとう》は終わらなかった。

「姐さん、わかっているんでしょう？　誰のせいだと思っているんですか？　我らが姐さんが眞鍋組を壊滅させるつもりですかーっ」

思わず、氷川は耳を両手で塞《ふさ》いだ。

「いや、俺が悪かったんや」

桐嶋が罵られる氷川を庇おうとしたが、祐は鬼のような形相で睨みつけた。

「桐嶋組長、無駄です。わかっています。どうせ、うちの姐さんが無理やりついていったんでしょう」

氷川の性格をよく知る祐は、真相をズバリと言い当てた。表情があまり顔に出ない清和やポーカーフェイスがトレードマークになっているリキも、氷川を非難していることは明らかだ。

「……ん、顔に似合わず男らしい姐さんでなぁ。おかげで俺は助かったんやけどな。姐さんの助《すけ》っ人《と》がなかったらヤバかったと思うで」

桐嶋は正直に己の無計画さと無鉄砲さを口にした。あの場面で長江組の組員が現れるとは予想していなかったのだ。桐嶋は甘かった。

「本当に顔に似合わない性格してますよね。ヤクザを非難しておきながら誰よりもヤクザらしいかもしれません。このままだと、組長の心臓を止めるのは長江組ではなくて姐さんだと思いますっ」

怒髪天を衝《つ》く形相の祐に、氷川は目を大きく見開いて聞き返した。

「清和くん、心臓が止まったの?」

「組長も俺も心臓が止まらなかったのが不思議です」

祐に恨みのこもった目で見つめられて、氷川は医者としての見解を述べた。

「……その、清和くんとか祐くんとかの歳《とし》だったら、心臓がもし止まってもそれで亡くなったりすることはないから」

「姐さん、もう二度と外に出しませんよっ」

祐は怒鳴りすぎたのか、甘い声が嗄《か》れた。喉を傷《いた》めたようで、右手で押さえている。こんなに祐が取り乱すのは初めてかもしれない。

「祐くん、喉が痛いだけだからもう静かに」

氷川の一言が祐の怒りに火をつけたのは言うまでもない。祐の背後に青白い炎が燃え上がったようなので、氷川は慌てて両手を振った。

「ごめんなさい、ごめんなさい、本当にごめんなさい。それよりこんなことをしている場合じゃないんだ。一刻も早く木村《きむら》先生を呼んで」

氷川の言葉を聞きながら、祐は桐嶋の全身を舐《な》めるように眺めた。そして、背後を振り返ると右手を挙げた。

「木村先生、お願いします」

宇治がドアを開けた黒いリムジンから、モグリの医者である木村が降りてきた。彼の手にはお約束のように酒瓶があるものの千鳥足ではない。顔も赤いがそこまで酔っているわけではなさそうだ。

「なんだ、歩いているじゃないか。俺は死にかけの鉄砲玉がいるって聞いたんだぜ」

木村は己の足でしっかりと立っている桐嶋に不満らしい。

「木村先生、五発も撃たれているんです。それでなくても骨を何本も折っていたんですよ。早く診てあげてください」

満身創痍《まんしんそうい》の桐嶋が気力だけで保《も》っていることは、氷川に説明されなくても木村にはわかっているはずだ。

「姐さん先生、この男は鉛弾を百発食らっても死なねぇ」

科学的根拠はないが、木村の言うことにも一理あるような気がした。氷川は唸ったが、そういう場合ではない。

氷川はのんびりしている木村を急《せ》かそうとしたが、血を流している怪我人の桐嶋が清和の前に歩み寄った。

「眞鍋の、俺は姐さんに助けてもろた。この恩は一生忘れへん。姐さんになんかあったら俺はいつでもどこでも何をおいても駆けつける。せやから、姐さんの大事な組長がおる眞鍋と敵対することはあらへん。けどな、俺は長江の大原組長に盾つく気はないんや。それだけは勘弁してぇや」

桐嶋の苦しい胸のうちなど、聞かなくても清和は知っている。

「わかっている」

清和は低い声で答えると、桐嶋に向かって手を差しだした。

「おおきに」

桐嶋は嬉しそうに笑うと、清和が差しだした手を固く握る。それ以上、ふたりは何も言わない。

清和と桐嶋が握手をすると、傍らに控えていた眞鍋組の構成員たちはいっせいに頭を下げた。玄関の入り口付近でこちらを窺っていた元藤堂組の構成員たちもお辞儀をする。藤堂の元に深く忍び込んでいた眞鍋組のハマチは目を赤くしていた。

清和と桐嶋はお互いにお互いを認め合っているようだ。ふたりの間にはなんのわだかまりもしこりもない。

これからいい関係を築いていけばいい、と氷川は心の底から思った。

6

これで引きあげる、と清和《せいわ》は桐嶋《きりしま》に静かに言った。

桐嶋のシマとなった場所にいつまでも眞鍋《まなべ》組が居座ることはないし、これ以上、口を出すこともない。後はすべて桐嶋がすることだ。

氷川《ひかわ》は清和に肩を抱かれて、フォードの黒いリンカーン・タウンカーに乗り込む。見えなくなるまで、桐嶋は下げた頭を上げなかった。

車中、誰も喋《しゃべ》らない。隣に座っている清和も助手席のリキも、普段は饒舌《じょうぜつ》なショウでさえ無言でハンドルを握っていた。氷川はいたたまれなくなって詫《わ》びた。

「心配かけてごめんなさい」

氷川の謝罪を聞いた途端、ショウは大きな息を吐く。隣に腰を下ろしている清和の表情は変わらないが、非難していることは確かだ。氷川は若い彼の顎先《あごさき》に触れるだけのキスを落とした。

「先生、それくらいで許されると思っているんですかっ」

ショウはハンドルを乱暴に左に切りながら、静かに怒っている清和の気持ちを代弁した。

「ショウくんが殴り込むよりマシだと思う。それに上手く収まったんだからこれでいいじゃないか」

「先生っ、俺と先生じゃ立場が違うでしょうーっ」

ショウは後ろを振り返って怒鳴ったが、前方不注意でとても危ない。助手席にいるリキが宥《なだ》めるようにショウの膝《ひざ》を軽く叩《たた》いた。ここで交通事故を起こしたら元も子もない。

「その、僕、リキくんが殺されてしまったとばかり思っていたし……」

氷川がしどろもどろになりながらも言い訳を口にすると、ショウはギリギリっと歯軋《はぎし》りをした。

「リキさんがそう簡単に死ぬわけないっス」

「リキさんが殺されたって聞いて散弾銃を持ちだしたのは誰？」

「お、俺だけど……」

ショウがハンドルを握ったまま前屈《まえかが》みで言《い》い淀《よど》むと、氷川は助手席に座っているリキに声をかけた。

「リキくん、無事でよかった」

「姐《あね》さん、それは俺の言うことです。こんなことになるなら、祐《たすく》の計画を止めればよかった。後悔しています」

山奥にあるロッジで弓削《ゆげ》と話し合った後、リキと京介《きょうすけ》がS級の狙撃手《そげきしゅ》に狙《ねら》われたのは事実だ。ほぼ同時に藤堂《とうどう》の後釜《あとがま》である弓削が死亡したという報告を受けた。弓削という駒《こま》を失って、祐は咄嗟《とっさ》にリキの死亡から始まるシナリオを書き上げたのだ。当初、組長である清和さえ騙《だま》していた。桐嶋という最後の切り札を動かすためにだ。

「リキくん、狙撃されたんだよね。怪我《けが》はないの?」

「防弾チョッキを着用していましたから」

リキを狙った銃弾はものの見事に心臓に命中していたという。眉間《みけん》を狙われていたならば、そこで終わりだった。生い茂る木々がリキの眉間を隠してくれたのかもしれない。

「防弾チョッキか」

氷川も防弾チョッキの存在は知っている。

「桐嶋組長と姐さんは防弾チョッキも着用せずに乗り込まれたのですね」

自分から滅多に口を開かないリキが珍しく喋ると思えば、その内容は無謀な氷川に対する非難だ。次から次へと執拗《しつよう》に責められて、氷川はげんなりとしてしまう。

「リキくんまで……」

「当然でしょう。もっとも、桐嶋組長の行動を摑《つか》み損《そこ》ねた祐にも落ち度はありました」

桐嶋が氷川を乗せた車のトランクに隠れて逃走するなど、祐は想定しなかった。何人ものガードがついていた氷川を拉致《らち》されることも計算していなかった。桐嶋を猪《いのしし》のように一直線に突進することしかできない鉄砲玉だとばかり考えていた祐のミスである。

「桐嶋さんは藤堂さんをどうしても助けたかったんだって。藤堂さんを許してあげて」

氷川が藤堂の命乞《いのちご》いをすると、リキは低い声で答えた。

「わかっています」

リキの答えを聞いて氷川がほっと胸を撫《な》で下《お》ろした時、清和と暮らしている眞鍋第三ビルが目前に迫った。これといって変わった様子はない。

ビルの前に停っていたモーガンの派手なオープンカーに視線を止めると、終始無言だった清和が初めて口を開いた。

「京介とジュリアスのオーナーがいる。先生、無事な姿を見せてやってくれ」

清和の言葉を聞くと、ショウはスピードを落としつつ、氷川が座っている後部座席の車窓を開けた。

氷川が車から顔を出すと、モーガンのオープンカーに座っていた京介が立ち上がって、投げキッスを飛ばしてきた。意識不明の重体どころか掠《かす》り傷《きず》ひとつ負っておらず、見る者を圧倒する華やかな美貌《びぼう》は健在だ。

氷川は手を大きく振って、京介に挨拶《あいさつ》をする。

運転席に座っていたホストクラブ・ジュリアスのオーナーも、その場に立つと投げキッスを飛ばしてきた。三十代半ばのジュリアスのオーナーは、京介とはまた違った色気と魅力がある男だった。

氷川を乗せたフォードの黒いリンカーン・タウンターは、眞鍋第三ビルの地下に吸い込まれるように入っていく。

それからはいつも通りだ。駐車場で車から降りて、エレベーターで七階に上がった。リキが部屋を点検して、異常がないことを確かめる。

「失礼させていただきます」

頭を下げたリキに、清和は視線だけで別れの挨拶をした。

「リキくん、お疲れ様でした。ありがとう。ゆっくり休んでね」

氷川が労《ねぎら》いの言葉を口にすると、リキは微《かす》かに微笑《ほほえ》んだ。いつも素っ気ないほどクールなリキらしくないが、その理由は氷川にもいやというほどわかっているので何も言わずに目を伏せた。すごすごと逃げるように三和土《たたき》で靴を脱ぐ。

玄関のドアを閉めた瞬間、清和が覆《おお》い被《かぶ》さってきた。

「清和くん？」

今まで玄関口で清和に押し倒されたことなど一度もなかったので、氷川はひたすら驚いてしまう。

どっしりと体重をかけてくる若い男は何も言わない。氷川の首筋に顔を埋《うず》めたまま、指一本動かすこともしない。ただただ氷川を確かめるように身体《からだ》を密着させていた。

「清和くん、ごめんね」

　どれだけ清和を心配させたのか、重ね合っている身体から伝わってくる。氷川は清和の背中に回した左右の腕に力を込めると再び詫びた。

「本当にごめんね」

「もう二度としないでくれ」

　氷川の白い首筋に埋めた顔を上げずに、清和は低い声でボソっと言った。彼の苦しい心の内が手に取るようにわかる。

「うん、ごめんなさい」

「…………」

「清和くん、僕に顔を見せて。キスさせてよ」

　氷川は凜々《りり》しく整った清和の顔にキスの嵐《あらし》を降らせようとしたが、年下の男は微動だにしない。

「…………」

「僕にキスされるのがいやなの？」

「…………」

「清和くん、もう許して。顔を見せてよ」

　氷川は首筋に埋められていた清和の顔を強引に上げさせた。すると、清和は屈強な男たちを従えていた組長の仮面を外している。十代特有の不安定さが切れ長の目に表れていたので、氷川は慈愛に満ちた微笑を浮かべた。

「可愛《かわい》い……」

「そうじゃないだろ」

憮然《ぶぜん》とした面持ちの清和は、地を這《は》うような低い声でポツリと言った。怒鳴りたくても怒鳴ることのできない年下の亭主だ。

「ごめん、可愛くてたまらない」

氷川は清和が愛《いと》しくてたまらなくなって、若い彼の唇に軽快な音を立てながらキスを落とした。鼻先や目元にも軽く唇で触れた後、耳朶《じだ》を甘く噛《か》んだ。

「……先生」

氷川は清和の唇に何度も軽いキスを繰り返しつつ、彼の髪の毛を左右の手でぐしゃぐしゃにした。年下の男が可愛くてじっとしていられない。

「もうどうしよう、可愛くて可愛くてたまらない。もう本当に誰にも渡したくない。男と戦争しているぐらいだったら女と浮気しているほうがマシだと思ったけど、やっぱり、ほかの女に一分でも一秒でも清和くんを貸すのはいやだ」

清和に関して氷川は年上のプライドを捨てているので、平気で心の底を曝《さら》けだす。氷川は白い頰《ほお》を清和のシャープな頰に擦り寄せた。

「浮気はしない」

清和は何度も繰り返した言葉を口にした。

「うん、僕だけの清和くんだね」

「ああ」

照れくさそうに答えた清和が無性に愛しくて、氷川の胸がズキズキと疼《うず》いた。彼の上唇に軽く歯を立てる。

「本当に可愛い、もう食べてしまいたい」

感極まった氷川は、清和の顎先に優しく噛みついた。

「…………」

「……あれ？」

氷川は密着している清和の身体が熱くなっていることに気づいた。つい先ほどから氷川に煽《あお》られているのだから、若い男としては当然の反応だ。

「…………」

「清和くん、したいの？」

氷川は真っ白な頬を薔薇色《ばらいろ》に染め上げると、清和の股間《こかん》の昂《たかぶ》りを確かめた。どんな状態か、布越しでもはっきりとわかる。

「…………」

清和はどんなに欲しくても決して自分から欲しがらない。ヤクザだと自嘲《じちょう》しているが、

「清和くん、いいよ」

氷川は優しく微笑むと、自分が身につけていたズボンのベルトを外して、ファスナーを下ろす。逞しい清和の身体の下でもぞもぞと動いてズボンを引き抜こうとしたが、膝で引っかかってしまった。

「…………」

「清和くん、脱ぎにくい」

若い清和は艶かしい氷川の裸体にすこぶる弱い。氷川も自分でわかっているので、氷川に確認するように尋ねた。

「疲れているんじゃないのか？」

目まぐるしい出来事の連続に、氷川の神経はどこか麻痺していたのかもしれないが、疲労感はまったくなかった。

「うん？　平気だから」

氷川は目的を持って、清和の股間の一物を布越しに揉み扱いた。若い彼の下肢の塊は最高に興奮しきっている。いつ爆発してもおかしくないのに、必死になって抑えこんでいるのだろう。

呆れるぐらい紳士だ。

「いいんだな？」

清和はいつもと同じように確認をするが、氷川にしてみれば焦《じ》れったい。一刻も早くこの身に受け入れて絶頂を味わわせてやりたかった。

「おいで」

氷川が清和の唇を舌で舐《な》め上《あ》げると、若い彼はやっと動きだした。氷川の膝で引っかかっていたズボンが引き抜かれて、下着もゆっくりと脱がされる。際どいところを清和にじっと見つめられて、氷川は羞恥心《しゅうちしん》で身体を震わせた。身につけていたシャツを清和の手で取られても、固い廊下に当たる背中が痛いとも冷たいとも感じない。

左右の足を大きく開かされたと思うと、膝を立てさせられる。内股《うちまた》を覗《のぞ》き込《こ》まれて、氷川は耳まで真っ赤にした。

「どこにも怪我はないいな」

氷川の雪のように真っ白な肌に残っているのは、清和がつけたキスマークだけだ。掠り傷ひとつない肌を確認して、清和は安堵《あんど》の息を吐いた。

「小汚いって言われていた藤堂さんも怖いって聞いていた長江《ながえ》組の人も、僕にナイフで切りつけなかったんだ」

氷川が感心したように言うと、清和は苦しそうに眉《まゆ》を顰《ひそ》めた。

「先生はカタギなんだから当然だ」

「清和くんを悔しがらせたい、泣かせたい、って藤堂さんは言っていた。だったら、僕の顔に傷を作ればいいのに、舎弟さんたちにもそんな命令はしなかったんだ」

「当たり前だ」

清和は吐き捨てるように言うと、氷川の口を塞《ふさ》ぐようにキスをした。舌を絡ませる熱いディープキスだ。

清和の唇が離れた時、氷川の目は潤んで、白い肌は扇情的なまでに染まっていた。喩《たと》えようのない色香を放っている。

「清和くん、もうおいで」

氷川は清和のズボンのベルトを外して前を開くと、硬く反り立った肉塊を白い手で取りだした。それは一段と大きくなったような気がする。

「…………」

「どうしたの？」

「そのままじゃ無理だ」

清和を思うあまり、気が急いていたらしい。氷川の身体のほうはまだ清和の逞しい分身を受け入れる準備ができていない。

「あ、そうか……」

「怪我をさせたくない」

清和に抱き上げられて、氷川はベッドルームに運ばれた。

十歳も年下の男の情熱に翻弄《ほんろう》され、氷川は狂おしいほど熱くて甘い一時を過ごした。清和の分身が身体から出ていくと寂しくてたまらなくなる。氷川の呼吸は乱れたままだったが二度目をねだると、清和は獰猛《どうもう》なオスのフェロモンを撒《ま》き散《ち》らしながら求めてきた。彼もまた飢えていたようだ。

ふたりでほぼ同時に頂点を迎える。

ひとつに繋《つな》がっていた身体がふたつに分かれたが、氷川と清和は肌をぴったりと密着させていた。氷川は清和の逞しい胸に頰を寄せて、規則正しい心臓の音を聞く。華奢《きゃしゃ》な氷川の肩には清和の大きな腕が回っていた。

「清和くん、やっぱり清和くんが思っていた通り、小出恭介《こいできょうすけ》さんは藤堂さんの指示で弓削さんが殺したんだって」

氷川が藤堂から聞いた真実を語ると、清和は切れ長の目を細めた。

「そうか……」

清和はあれだけ藤堂に敵意を抱いていたにも拘《かかわ》らず、許《ゆる》し難《がた》い真実を知ってもまったく心を動かさなかった。氷川にしてみればそんな清和が不思議でたまらない。

「清和くんがヤクザになったきっかけだからね、僕は藤堂さんを恨まずにはいられない」

「それより、藤堂がどうしてそんなことを先生に話したんだ？」

　手強い藤堂に何度も苦渋を舐めさせられたからか、それでこそ眞鍋の昇《のぼ》り龍《りゅう》と称賛するべきか、清和が怪訝《けげん》な目で尋ねてきたので氷川は苦笑を漏らした。

「……ん、僕、藤堂さんにキスされたんだ。そのお礼だって」

　その瞬間、清和が身に纏《まと》っていた空気がガラリと変わった。その変貌に戸惑いながら、氷川は話し続けた。

「キスされたことを清和くんに言え、って藤堂さんが楽しそうに笑ってた。清和くんを悔しがらせたかったみたい」

　藤堂の挑発に乗るまいと自重したのか、清和は大きく息を吸うと殺気を抑えた。しかし、氷川を見つめる視線は姐さん女房の尻《しり》に敷かれる亭主のものではない。一言も漏らさないが、目は雄弁に氷川を詰《なじ》っている。

「ごめんね、咄嗟のことで逃げられなかった」

　氷川は清和の唇に音を立てて吸いついた。

「…………」

「藤堂さんは清和くんが羨《うらや》ましくってたまらなかったみたい。本当はいい人……いい人じゃないけど、桐嶋さんから聞いた藤堂さんは孤独で悲しい人だった」

藤堂の凄惨《せいさん》な過去を知ると同情せずにはいられないが、清和は険しい顔つきで即座にはねつけた。

「藤堂に同情することはない」

「そうだね、藤堂さんにはさんざん苦しめられたからね」

「藤堂はいつまた復活するかわからない」

熾烈《しれつ》な戦いを繰り広げたからか、もしかしたら、誰よりも清和は藤堂という男を知っているのかもしれない。藤堂本人の純粋な力量をきちんと認めたうえ、どこか尊敬すらしていた。もちろん、今でも藤堂は嫌いなようだが。

「それはないと思う」

氷川は藤堂が『元藤堂組』という言葉を使ったことを清和に告げた。長江組の構成員である田口《たぐち》を撃ったことも詳しく伝える。

清和は藤堂についてはいっさい見解を述べなかったが、桐嶋組の看板を掲げた桐嶋についてはっきりと言った。

「桐嶋組長は初めから桐嶋組を存続させようなんて思っていないから、あのシマはどう転ぶかわからない」

ヤクザを嫌っていた桐嶋が何を好んで組長になったのか、その理由は清和に説明されなくても氷川にはわかる。あの場を収めるにはそうせざるを得なかったのだ。

「僕も桐嶋さんが組長になるなんてびっくりした。藤堂さんと一緒にたこやきとかお好み焼きの屋台をするとか言っていたんだよ」

藤堂を引退させたら一緒にたこやきの屋台をする、と桐嶋は冗談とも本気ともつかぬことを言っていたのだ。どうしたって藤堂にたこやきの屋台がマッチしないので氷川は首を捻《ひね》るしかなかったのだが、美味《おい》しい本場のたこやきやお好み焼きの作り方までレクチャーしてくれた。

「藤堂がたこやきにお好み焼きの屋台？」

たこやきやお好み焼きを焼く藤堂を想像すらできないのか、清和はなんとも形容し難い表情を浮かべた。

「東京のたこやきとお好み焼きが桐嶋さんには許せないんだって……うん、でも、藤堂さんにその気はないと思う」

「……すぐに桐嶋組長は引退するかもしれない。できる奴がそばにいなければ、桐嶋組長に組の維持は無理だ」

眞鍋という組織の頂点に立つ男ならではの意見が、清和の口から出た。昔のように漢《おとこ》っぷりを売っていればいいという時代は、とうに過ぎ去っているからだ。

「そうだね。……まさか、また何かありそうなの？」

氷川に悪い予感が走って、清和の顔を覗き込んだ。

「先生が気にすることじゃない」

珍しく無口な男が喋ると思えば、すげなく終わらせる。当然、氷川は面白くない。

「桐嶋さん、僕の舎弟だからね。何かあったら助けてあげて」

氷川が楽しそうに微笑むと、清和は凜々しい眉を歪《ゆが》めた。舎弟というフレーズに引っかかっているのだろう。

「僕に舎弟ができるなんて夢にも思っていなかった」

桐嶋には清和の舎弟であるショウや信司《しんじ》とはまた違った可愛さがある。

「…………」

「どうして怒るの？」

「…………」

清和が逃げるように視線を逸らしたので、氷川は彼の唇を指で辿《たど》りながら甘く囁《ささや》いた。

「清和くん、もう一回していいよ」

若い清和の性欲がどれだけのものか、ショウや祐からそれとなく聞いたことがある。一回や二回で満足しないことは確かだ。清和を心配させたという罪悪感は氷川にもある。身体を開いて喜んでくれたらそれでいい。

「……いいのか？」

意表を突かれたらしく清和は戸惑っていたが拒んだりはしない。

「うん」

氷川が手を伸ばすと、清和は嬉《うれ》しそうに目を細めた。無口であまり表情が顔に出ない清和の素顔である。

ふたりの甘くて熱い時間はまだ終わらない。

7

翌日、氷川《ひかわ》が目を覚ますと、隣に昇《のぼ》り龍《りゅう》を背負った男はいなかった。眞鍋《まなべ》組の組長として忙しく飛び回っているのだろう。

シーツの波間に身体《からだ》を沈めたまま、氷川は起き上がることができずに、ぼんやりと天井を見つめた。幾度となく清和《せいわ》と愛し合ったせいか、倦怠感《けんたいかん》が残っていて、腰はどんよりと重い。珍しく何もない日曜日なので時間を気にしなかったが、いつまでもベッドにいるわけにはいかないのでのろのろと起き上がった。そんなに動けないこともない。

目覚まし時計が視界に飛び込んできて、氷川は見間違いかと目を擦《こす》った。

「五時？　……朝の五時じゃないよね？　まさか、夕方の五時？」

氷川は自分の睡眠時間を計算して驚いたが、妙に納得もしてしまった。昨日は一日に二回も同じ人物に拉致《らち》されて、挙げ句の果てに殴り込みまでしてきたのだ。いや、そもそも桐嶋《きりしま》が現れてから、息をつく間もないほど想像を絶する出来事が起きた。労働基準法完全無視の重労働は職場で慣れているけれども、使う体力と神経の種類がまるで違う。倒れなかったほうが不思議だ。

氷川は白いトレーナーとグレーのズボンを身に着けると、清和の名残《なごり》があるベッドルームから出た。

　すると、廊下には清和の舎弟である卓《すぐる》と信司《しんじ》が並んで座っている。ふたりは氷川の顔を見ると廊下に手をついて挨拶《あいさつ》をした。

「姐《あね》さん、おはようございます」

　姐さん、という言葉には清和の舎弟たちの決死の思いが込められているようで、やたらと力が入っていた。爽《さわ》やかな卓がやけにピリピリしている。

「姐さん、おはようございます。お疲れかと思って起こしませんでした」

　氷川は戸惑ったが、やけに慇懃《いんぎん》無礼《ぶれい》な卓と信司に挨拶を返した。

「おはようの時間じゃないけどおはようだね。それで、どうしたの?」

　卓が恐ろしいくらい真剣な顔で口を開いた。

「組長から姐さんの護衛を言いつけられましたので、おそばにいることをお許しください」

　卓が嫌みなくらい馬鹿丁寧《ばかていねい》に言った後、信司が神妙な顔つきで続けた。

「何をするかわからないから怖い、って祐《たすく》さんが言っていました。俺も怖くてたまりません。お願いですから姐さんは姐さんでいてください」

　嘘《うそ》がまったくつけない信司の口ぶりからして、眞鍋から回された彼らは氷川の護衛ではなく見張りのようだ。氷川は目を吊《つ》り上《あ》げて追い返そうとしたが、リビングルームからも人の気配を感じたので怪訝《けげん》な顔をした。

「あれ？　誰かいるの？」

氷川がリビングルームに向かうと、卓と信司も後からついてくる。プライベートルームの中であっても、氷川から目を離さないように指示されているに違いない。

「え……？」

広々としたリビングルームにはショウや宇治《うじ》、吾郎《ごろう》といった清和の若い舎弟たちが何人もいた。彼らの目的はただひとつ、二代目姐の見張りである。

「姐さん、おはようございます」

清和の舎弟たちは氷川の顔を見た瞬間、フローリングの床に手をついて頭を下げた。ヤクザとは思えないほど礼儀正しい青年たちだ。

氷川はリビングルームにいる清和の舎弟を指折り数えると、呆《あき》れ果《は》ててしまった。

「……十人、十人もこんなところで何をしているの」

「先生……じゃない、これからはいつでもどこでも姐さんと呼ばせていただきます。こいつらは姐さんのガードです」

ショウが憮然《ぶぜん》とした面持ちで答えたが、氷川の顔のほうがきつかった。

「僕にこんなにガードはいらないでしょう」

「姐さんには足りないと思います」

ショウが昨日のことを責めているので、氷川はがっくりと肩を落とした。眞鍋の男たちは意外にも執念深い。いや、それだけ無謀な氷川に肝を冷やしたということにほかならない。ちなみに、未《いま》だかつて極道の妻が暴力団の総本部に殴り込んだというケースはない。

「もう、その話はやめようね」

氷川が白い可憐《かれん》な花が咲いたようにと微笑《ほほえ》むと、ショウは忌々《いまいま》しそうに髪の毛を掻《か》いた。

「そんなに可愛い顔しても騙《だま》されませんからね。男を手玉に取る女狐《めぎつね》より何倍もタチがワリィっスよ」

「ショウくん……」

氷川はいつまでもショウとやり合う気はない。財布の中身を確かめると、ズボンのポケットに入れた。

「姐さん、どこにいくんですかっ」

殺気立っているショウの質問に、氷川は手をひらひらさせて答えた。

「買い出しに行ってくる」

「駄目っス」

ショウが思い切り力むと、周囲にいた清和の舎弟たちもいっせいに頷《うなず》いた。信司はすでに目を潤ませて、拝むように両手を合わせている。

「どうして?」

「どうしてもです」

ヤンキー上がりのショウとガンの飛ばし合いをして、氷川が勝てるわけがない。氷川はわざとらしいぐらい優しい声を出した。

「清和くんに僕が作った料理を食べさせたいんだけど」

手料理を組長に食べさせたいという姐の気持ちは無下にできないのか、ショウは妥協案を出した。

「要《い》るものを言ってください。買ってこさせます」

ショウは周りで控えている清和の舎弟たちを指で差した。ジーンズ姿の卓が手を挙げて買い物係に立候補する。

「清和くんのために僕が自分で選びたいんだ」

とうとう根負けしたのか、ショウはズバリと切り込んできた。

「姐さん、昨日、祐さんが言ったことを忘れましたか? もう二度と外に出さない、っていうのは冗談じゃありませんよ」

「もう……」

氷川が大きな溜《た》め息《いき》をつくと、ショウはいきりたった。

「姐さん、ご自分がどれだけ危ないことをしたのかわかっているでしょう」

「……ん、それで桐嶋さんはどう？　怪我《けが》は？」

バツが悪くなったわけではないが、氷川は気にかかっていたことを尋ねた。腕のいい外科の木村《きむら》がいたので大丈夫だと思ったが、何事にも確かなことはない。

「桐嶋組長が死んだっていう噂《うわさ》が流れてきていないので生きていると思います」

ショウの言い草に、氷川は瞳《ひとみ》を曇らせた。

「ショウくん、なんてことを……」

「桐嶋組長は長江《ながえ》組を破門されていたんでヤバイとも思ったんですが、なかなか順調なスタートを切ったみたいですよ」

桐嶋の父親が関西で伝説となった花桐《はなぎり》なので、関東の親分衆も甘くなるようだ。現在、元藤堂組のシマは桐嶋組のシマとして平穏を取り戻している。あれだけ煩《うるさ》かった関西弁の男たちも忽然《こつぜん》と姿を消した。もっとも、嵐《あらし》の前の静けさかもしれないが。

「藤堂さんは？」

「死んだとは聞いていません」

吐き捨てるように言い放ったショウの頬《ほお》を、氷川は白い手で軽く摘《つま》んだ。

「だから、そう軽々しく、死ぬとか死んだとかを口にしないで」

「すみません、藤堂は俺が殴り殺したかったんで」

氷川に頬を摘まれたまま、ショウは詫《わ》びつつも本心を吐露した。この分だと当分の間は藤堂に対する殺意は消えそうにない。

「もう……」

氷川はショウの頰を宥《なだ》めるように両手で摩《さす》った。

「藤堂がどこかに逃げたみたいです。桐嶋組長が探しています」

予想だにしなかったことをショウから聞いて、氷川は瞬《まばた》きを繰り返した。

「……え？　藤堂さんが逃げた？　どうして？」

「そんなの、俺に聞かれても知りませんよ。桐嶋組長も途方に暮れていたそうです」

どんなに考えても、藤堂が桐嶋の元から逃げた理由がわからない。氷川は呆然《ぼうぜん》として、その場に立《た》ち竦《すく》んだ。

「どうして……」

「またなんかやる気なんですかね」

手強《てごわ》い藤堂を知るショウが口惜《くや》しそうに言った。

「またなんかやる気って……ヤクザはもうしないと思うよ」

気のせいかもしれないが、藤堂は二度と極道の金バッジを胸につけないと思った。

「カタギのふりしてヤバイことをするかもしれませんね。そっちのほうがあの優男《やさおとこ》には合っているかもしれねぇ」

清和や眞鍋組の幹部が懸念《けねん》していたことを、ショウはポロリと漏らした。確かに、言われてみれば氷川も反論できない。

「あ……」

「どっちにしろ、危ない藤堂は生きています。気をつけてください」

「心配しなくても、藤堂さん、もうあんな危ないことはしないと思う。次に会う時は青年実業家になっているかもしれない」

ヤクザより藤堂には青年実業家のほうがずっと似合う。たとえ、背中に極彩色の般若《はんにゃ》を刻んでいてもだ。

「姐さん、そんな甘いことを……」

ショウは顔をヒクヒクと引《ひ》き攣《つ》らせたが、氷川はにっこりと笑いながら背を向けた。

「じゃ、買い物に行ってくるから」

「だから、もう二度と外に出さないと言っているでしょう」

ショウが慌てて氷川の行く手を遮った。固唾《かたず》を呑《の》んで見守っていたほかの眞鍋の男たちは、人間バリケードの如《ごと》く出口を塞《ふさ》いだ。

「そんな無理を言わないで」

「無理じゃねぇっス」

ショウが背後に毘沙門天《びしゃもんてん》を浮かび上がらせたと思うと、信司がシクシクと泣きだした。

「お願いですからおとなしくしててくださいよぅ。俺たちが怒られるんですよぅ。組長も怖いけど、祐さんのほうがずっと怖いんですよぅ」

眞鍋の強面《こわもて》に凄《すご》まれるより、舎弟に泣かれるほうが氷川も弱いようだ。昨日のことを考えれば無理もないので、買い物に行くことも見張りが十人いることも諦《あきら》めた。

「じゃ、メモを書くから買ってきて」

氷川がメモに欲しいものを綴《つづ》ると、卓が楽しそうに出て行った。

それから、氷川は清和の舎弟たちとなんともいえない時間を過ごす。さしあたって、信司の摩訶不思議《まかふしぎ》っぷりが際立《きわだ》つ時間だった。


卓が買い出しから戻ってきた後、氷川が作った健康的な家庭料理をみんなで食べた。それまではよかった。それからが問題だった。誰もが清和に閉じ込められた氷川の逆鱗《げきりん》に触れないように必死だ。信司ひとりが無邪気に楽しそうだった。

夜の十時を過ぎた頃、黒いスーツに身を包んだ清和が帰ってくる。

「お帰りなさいやし」

ショウを始めとする舎弟たちは、一様にほっとした顔で清和を出迎えた。

氷川はいつもなら清和にお帰りのキスをするが、今夜は嫌みなくらい優しく微笑むのみだ。

「ご苦労だった」

清和の労《ねぎら》いの言葉が別れの挨拶となる。氷川についていた十人の舎弟たちは頭を下げると、逃げるように帰っていった。二代目組長夫妻の力関係をよく知る組員たちの賢明な態度だ。

「清和くん、ごはんは食べたの？」

最も言いたい言葉を口にせず、氷川は清和が脱ぎ捨てたスーツの上着を拾った。

「ああ」

「何を食べたの？」

清和の表情はこれといって変わらないが、内心では動揺している。彼がどのような食事を取ったのか、氷川は手に取るようにわかった。

「僕に言えないような食事をしたの？」

「………」

「僕はね、清和くんの舎弟さんたちと一緒にサバを食べたんだ」

野菜をたくさん入れた味噌汁《みそしる》やカボチャの煮物、海老《えび》のさつま揚げと玉ねぎの天婦羅《てんぷら》、人参《にんじん》と大根とキュウリの酢の物にいんげんの胡麻和《ごまあ》えなど、氷川の手料理を清和の舎弟たちは嬉々《きき》として食べた。どうやら、家庭の味に飢えていたらしい。彼らがとても喜んでくれたので、それはそれで氷川にしても嬉《うれ》しくて、メニューが自然と増えたものだ。

その場を想像しているのか、清和の雰囲気も微《かす》かに柔らかくなった。

「そうか」

「清和くんの舎弟さんたち、僕が清和くんの食事のために買い物に行きたいって頼んでも、外に出してくれなかったんだ。ここに十人もいたんだよ」

氷川はにっこりと微笑みながら核心に迫った。これからが本題だ。

「…………」

「掃除を手伝ってくれたんだけどね。その後はトランプをしたんだ」

掃除と洗濯をした後、氷川とショウの間で微妙な空気が流れた頃のことだ。トランプをしましょう、と信司がチェストの引きだしから天使が描かれている可愛いトランプを取りだした。もちろん、氷川はトランプを購入した覚えはない。

「…………」

自分でも焦《じ》れったくなってきて、氷川はとうとうズバリと言った。

「清和くん、どういうこと？」

「当然だ」

清和が冷たい声で簡潔に言い切ったので、氷川は思い切り睨《にら》みつけた。

「僕をここに閉じ込めるつもり？」

「二度と外に出さない」

清和には有無を言わさぬ迫力が漂っているが、ここで怯《ひる》むわけにはいかない。籠《かご》の中の鳥になるつもりはないし、氷川には自分で選んだ仕事がある。

「明日、僕は仕事だから」

「駄目だ」

ここまで取りつく島のない清和も珍しい。いや、家の中ではよほどのことがない限り氷川に逆らわない可愛い年下の亭主だ。氷川は溜め息を吐くと、何度目になるのかわからない謝罪を口にした。

「もう二度とヤクザの事務所に殴り込んだりしないから」

氷川は清和やほかの組員たちの反応にほとほと懲りた。

「当たり前だ」

「もう許して。とりあえず、明日は仕事に行くからね」

「許さない」

戸惑うほど頑《かたく》なな清和に、氷川は筆で描いたような美しい眉《まゆ》を顰《ひそ》めた。清和の怒りは昨夜のことだけではない。

「清和くん、どうしたの?」

清和はソファに腰を下ろすと、氷川の細い腰を抱きよせた。自分を落ち着かせるように一呼吸おいてから、おもむろに切りだした。

「滝沢《たきざわ》がまだ周りをうろついている」

先日、高校時代の同級生である滝沢浩太郎《こうたろう》に告白されたことを氷川は思いだした。一連の騒動ですっかり忘れていたのだ。氷川にとってはそれだけの存在にすぎない。

「……滝沢？」

「わかっているな？」

清和の目は雄弁に滝沢の地獄行きを物語っている。もちろん、氷川はそんなことを清和にさせたくない。第一、そんなことをする必要はないのだ。

「殺さないで」

「…………」

氷川が滝沢を庇《かば》うと、清和の機嫌はますます悪くなる。心なしか、部屋の温度も下がったようだ。

「絶対に始末しないで。心配しなくてもすぐに僕のことなんか忘れる」

滝沢は人の目を気にしないで生きていける世界の住人ではない。同性への恋に一時は熱くなっても、落ち着けばすぐに冷める。氷川には確信があった。

「…………」

「そんなに恐ろしいことを考えないで」

静かに怒気を発している清和に、氷川は困り果ててしまう。

「…………」

「新しいヤクザを提唱している清和くんがそんな怖いことをしてどうするの？」

氷川は清和の怒りを宥めるように、彼の唇にキスを落とした。

しかし、清和の怒りが収まるはずもない。このまま言い合っても永遠に平行線を辿《たど》るだけだ。氷川は必死になって打開策を考えた。

「一週間待って」

氷川は清和の目の前に、一週間という意味合いで人差し指を一本立てた。清和の性格を考慮すれば、一週間が限度だろう。下手をすれば、清和の下にいる鉄砲玉が滝沢に突撃してしまうかもしれない。

「一週間？」

「必ず、一週間のうちに滝沢を引かせるから」

氷川には自信があったが、清和は無言で聞き流した。清和の中で滝沢の始末はすでに決定事項になっている。

「一週間、約束だよ？　いいね？　一週間だよ？」

清和には約束を守る気は毛頭ない。そもそも氷川が一方的にまくしたてている約束自体が無効だ。

「…………」

「清和くん、指きりしようか」

「…………」

埒《らち》が明かない清和に焦れて、氷川はガブリと噛《か》みつきそうになったが、脳裏に桐嶋のセリフが浮かんだ。

「もし、約束を破ったら、もう二度と清和くんとえっちしない」

何よりも痛い言葉だったのか、清和は視線を宙に浮かせた。

清和が性行為を自分から求めることは滅多《めった》にないが淡白なのではなく、圧倒的に身体の負担が大きい氷川を慮《おもんぱか》っているからだ。氷川の許可が出れば喜び勇んで手を伸ばす。許されるならば毎日でも欲しがるだろう。

「…………」

「わかったね？」

氷川は真剣な顔で念を押したが、清和は口を閉じたままだ。完全に氷川の言葉を無視している。

「一週間、滝沢に手を出さないで……まさか、もう誰かが何かしたの？」

いやな予感が走って、氷川は清和のスーツの上着を摑《つか》んだ。

「…………」

「まだ何もしていないね?」

 氷川は神経を集中して、口を噤む清和から読み取ろうとした。なんとなくだが、感覚でわかるのだ。

「でも、もう誰かに命令はしたんだね？」

インテリヤクザとして名を通しているので、一般人の滝沢に銃弾を撃ち込むような真似はしないだろう。だが、どんな手を使うかわからない。滝沢を退職に追い込むようなこともさせたくはなかった。

「…………」

「清和くん、誰に命令したの？　黙秘権は許さないよ」

「…………」

「ショウくん？　……じゃないね？　サメくん？」

だんまりを決め込む清和から、滝沢に送られた刺客《しかく》が誰であるか氷川は読み取った。裏のことを一手に引き受けているサメだ。

氷川は清和の上着のポケットから携帯電話を抜き取ると、サメの名前を押した。二回のコールでサメは携帯に応対する。

『もしもし？』

清和の携帯からかかっていても、サメは自ら名乗ることはしない。

「サメくんだね？　氷川です」

『姐さん？　どうしたんですか？』

携帯電話の向こう側にいるサメがどのような顔をしているのかわからないが、氷川からの連絡に驚いているのは確かだ。

「今、どこにいるの？」

逸《はや》る気を落ち着かせて、氷川はあえてサメに現在の居場所を訊《き》いた。滝沢を始末した後ではないことを祈るのみだ。

『企業秘密』

茶目っ気たっぷりに答えたサメに、当然ながら氷川の心は癒されない。氷川はズバリと言った。

「サメくん、滝沢を始末したの？」

『なんのことですか？』

サメの声を聞く限り、動揺した気配はまったくないが、氷川は騙されたりしない。サメならば飄々《ひょうひょう》として大嘘《おおうそ》をつく。

「惚《とぼ》けても無駄だよ。僕は清和くんが嘘をついてもわかるからね」

『へぇ、そうなんですか。愛の力ですね』

「滝沢に手を出さないでくれ」

氷川が思い切り力むと、サメはあっさりと了承した。

『わかりました』

サメのイエスほど信じられないものはないかもしれない。氷川は携帯電話をぎゅっと握りしめて、清和に対する脅しを口にしかけた。

「滝沢に何かしたら許さない。そんなことしたら、僕は清和くんと……」

『別れる、とでも言うんですか？　別れられないくせに嘘でもそんなことを言うもんじゃありませんよ』

清和にベタ惚れしている氷川を、サメはよく知っている。どこか馬鹿にしているようなフシがあった。

氷川にしろ何があろうとも清和と別れる気はまったくない。どんな状況であれ、別れを口にする気もなかった。

「最初からもう一度言うね。よく聞いていてよ。滝沢に何かしたら許さない。そんなことしたら、僕は清和くんと二度とえっちしない」

氷川が清和に向けた言葉を口にすると、サメは低く唸《うな》った。

『……うっ』

「いいね？　滝沢に何かしたら僕は清和くんと二度とえっちしないから。僕はべつにしなくてもいいんだ。清和くんのそばにいるだけで満足だから」

でもない。

氷川は何よりも愛《いと》しい清和と一緒にいるだけでも幸せだ。それは嘘でもなければポーズか？』

『蛇の生殺し、って知っていますよね。いくらなんでも、それはないんじゃないです

現実味があり、かつ清和に対する最高の報復だからか、サメはとても苦しそうだ。サメはいたく清和に同情している。

「滝沢に手を出さないでくれ。一週間のうちに僕が諦めさせるから」

『ここまできたら諦めないと思いますよ』

どんなところであれ上手く潜り込んで最新の情報を得てくるサメとは思えない見解に、氷川はほとほと呆れ果ててしまった。

「サメくん、データを集めるのが得意なくせにこっちのことには疎《うと》いんだね。滝沢みたいな男は世間を捨ててまで同性との恋を貫こうとはしない。僕が女だったら夫や子供がいても貫いたかもしれないけどね」

『姐さんは男を知らなすぎる。男っていうのは……いや、男の身体はもう時に理性も常識も吹っ飛ぶんですよ。これだけはどうしようもないんです』

氷川の性別を忘れているような一説をサメは説いた。サメがこういったことを氷川に言うのは初めてではない。

「サメくんも清和くんも一般社会で生きている男を知らなすぎる」

『姐さん、男はカタギもヤクザも日本人も外人サンも変わりませんよ。お高くとまっているおフランスのスカしたムッシュでも中身は単なる男です。下半身に一度火がついたら止まらない。下半身に引きずられて生きるんです』

サメの言葉にも一理あるが、今回の滝沢に関しては譲れなかった。

「一週間、時間をくれ。一週間もあれば滝沢は冷める」

滝沢は高校時代のノスタルジーに浸っているだけだと、氷川は切々と説明した。すると、サメは日数を縮めてきた。

『三日になりますか？』

「いいよ、三日でも」

氷川の固い決意に負けたのか、サメは大きく息を吐いた。

『組長、そこにいるんでしょう？　替わってください』

「そうだね、要は清和くんなんだよね」

清和に命令されて動く立場にいるので、サメにはどんなに言葉を尽くしても無駄だ。氷川は携帯電話を清和に手渡した。

「清和くん、サメくんが話したいって。わかっていると思うけど、僕は本気だからね？」

清和は凄んでいる氷川から視線を逸らして、サメと携帯で話し合った。

「俺だ……ああ、ああ……そうか、わかった。三日、泳がせておけ。話はそれからだ」

清和はサメとの会話を切り上げると、携帯電話をテーブルに置いた。表情はこれといって変わらないが、身に纏《まと》っている空気はピリピリしている。

「清和くん、ありがとう。三日で必ず滝沢を諦めさせるから安心して」

氷川は渋面《じゅうめん》の清和の首に両腕を絡ませると微笑んで、彼の唇に軽快な音を立ててキスを落とした。

「………」

「一般社会で生きる男がどんなものか、清和くんに教えてあげる」

清和だけでなくサメやショウにも教えたいと、氷川はつくづく思った。男である氷川が組長の妻としてまかり通っている世界が異常だ。

「………」

「せっかく僕といるんだから、僕のことだけを考えていて」

氷川の甘い願いに、とうとう清和は白旗を揚げたようだ。僅《わず》かながら周囲の空気が穏やかなものになる。

それからは普段と同じように、姉さん女房と尻《しり》に敷かれる亭主だった。

8

翌日の朝、ネクタイを締めた氷川《ひかわ》と清和《せいわ》は睨《にら》み合《あ》っていた。なんてことはない、氷川が仕事に行くことを清和が許さないのだ。

「僕を待っている患者さんがいるから」

医者の代わりはいくらでもいるけど、と氷川は心の中で呟《つぶや》く。今のところ仕事を辞める気はないし、今日にしろ休むつもりはまったくなかった。

「許さない」

「許さないじゃないだろう。いってらっしゃい、って言いなさい」

無言で見据える清和に、氷川はにっこりと微笑《ほほえ》んだ。こんなことで清和に負けたりしない。

「清和くんのためにも僕は医者であったほうがいい」

「無用」

極道の世界においての妻の役割はいろいろと聞いている。夫が金銭的に困ったら、風俗に身を沈めるのが妻の仕事だ。氷川は医者という仕事以外、考えたことは一度もない。また、ほかにできそうな仕事もなかった。

「僕はいざとなったら君を養わなきゃ駄目だし、男の僕にソープは無理だし、肉体労働とか営業とかも僕には無理そうだし、これしかないんだよ」

「俺は女房に金の苦労はさせない」

十歳も若い亭主にはそれ相応の自尊心があるようだ。インテリヤクザとしての自負もあるらしい。

「いつ、何があるかわからないからね。絶対に倒産しないって言われていた銀行も倒産している時代だし」

「金の心配はするな」

命の心配はさせるが金の心配はさせない、が清和の思いだろう。氷川にしてみれば反対のほうが何倍もよかった。

「清和くんの健康のためにも医者の腕は磨いておく」

「無用」

そうこうしているうちにも、時間は刻々と過ぎていく。氷川は鞄《かばん》を持つと、玄関に向かった。

「行ってくる」

清和に凄《すさ》まじい力で腕を摑《つか》まれて、氷川は強引に引き戻された。今まで清和からこんな手荒な扱いを受けたことは一度もない。繊細なガラス細工のようにもどかしいぐらい大事に、いつも扱われていた。

「清和くん、僕に乱暴するの？」

氷川が目を据わらせると、清和は怯《ひる》んだものの摑んだ腕を離さなかった。

「…………」

「僕は医者だよ。医者になるために勉強してきたんだ。放して」

氷川は血の滲《にじ》むような努力をして医者になった。今も努力を怠ってはいない。

それは清和もちゃんと知っている。だからこそ、精神的にも肉体的にもハードな日々を送る氷川を心配しつつも許していたのだ。

「…………」

「もう二度と危ないことはしないし、滝沢のことも上手くやるから安心して」

「…………」

「清和くん、僕を怒らせたらどうなるかわかってるの？」

氷川が伝家の宝刀を抜く前に清和は折れた。もっとも、初めから勝敗がわかっていた勝負だ。

氷川送迎用の黒塗りのベンツの運転席でハンドルを握るのはショウだ。助手席にはリキが座り、後部座席には氷川を挟んで清和と祐《たすく》が座っていた。おまけに、陰からサメがガードしているそうだ。眞鍋《まなべ》組の中核がものの見事に揃《そろ》っている。

「もう……大げさだ」

物々しい送迎に氷川は溜《た》め息《いき》しか出ない。

「姐《あね》さん、大げさじゃないでしょう。当然の処置です」

一昨日《おととい》、氷川に怒鳴りすぎて声を嗄《か》らしてしまい、未《いま》だ治らない祐が嫌みっぽく言い放った。彼の執念深さは眞鍋一かもしれない。

「祐くん、喉《のど》が痛むなら喋《しゃべ》らないほうがいい。その声は聞いているほうが辛いよ」

「姐さんの診察を受けて帰ります」

「いいけど、待ち時間は結構長いと思うよ。祐くん、忙しいんでしょう」

昨日も祐はほぼ徹夜に近い状態で動き回っていると聞いた。それでは傷めた喉も治るはずがない。むろん、リキも清和も息を抜いている暇はなかった。

「眞鍋のためにも組員全員で氷川先生の診察を指名したほうがいいと思います」

「だから、もうネチネチやるのはやめてくれ。それに、祐くん、もし外来を受診するなら内科ではなくて耳鼻咽喉科《じびいんこうか》にしなさい。その喉は吸引でもしたらすぐに治るんじゃないかな」

祐も自分の弱い喉には思うところがあるらしく、氷川の医師としてのアドバイスを素直に聞いた。

「姐さんのご指示に従い、耳鼻咽喉科に行って参ります」

「うん、それがいいと思う」

「三日の間に滝沢《たきざわ》を諦めさせられなかったら、仕事を辞めてもらいますからね」

祐は甘い顔立ちをしているが、眞鍋の中で誰よりもきつい。新たな条件を付け加えてきた。

「いいよ」

三日で滝沢を納得させられる自信があるので、氷川は笑って頷《うなず》いた。

「姐さん、仕事に未練はないんですね？」

祐は三日でことがすむと思っていないようだ。清和だけでなくリキやショウも祐と同じように、氷川の言葉を信用していない。

「だから、三日で終わらせるって言っているでしょう」

「キスなんかさせたら許しませんよ」

「わかっている」

病院内でも護衛とも見張りともいう組員がつくとすでに聞いていた。氷川は拒絶しようとしたが、祐の有無を言わさぬ気迫に負けて承諾した。

「病院内を歩く時はマスクで常に唇をガードしておいてください」

しつこい祐に辟易《へきえき》して、氷川は声を荒らげた。

「もう、そんなことをぐちゃぐちゃ言う暇があるなら、僕の患者を助けてあげてくれ」

氷川は助けたくても助けられない入院患者がいた。小さな食料品会社を経営している山形《やまがた》だ。

「姐さんの頼みならばお聞きしましょう」

「僕の患者さんで山形さんっていう社長がいるんだけど、長江《ながえ》組系の暴力団員と接触事故を起こしたんだ。事故自体は山形さんが悪いんだけど、ヤクザに後遺症だのなんだのってお金を毟《むし》り取《と》られている。会社にもヤクザが団体で乗り込んできたんだって。あれじゃ、治るものも治らない」

山形は胃と腎臓《じんぞう》を悪くして入院した。働き盛りの山形を助けたいと氷川は躍起になっているが、ストレスで治るどころか悪化するばかりだ。

「篤行《あつゆき》さんが同情していた山形食品の社長のことですね？」

祐が平然とした様子で言ったので、氷川は驚愕《きょうがく》で目を大きく見開いた。大前《おおまえ》篤行は眞鍋組の舎弟企業の社員で、現在は氷川のガードとして入院している。仮病とは思えないほど顔色が悪い。

「篤行くんが山形さんに同情していた？　ああ、親しくなったのかな」

入院患者同士で親しくなるのはよくあることなので、篤行と山形に親交があっても不思議ではない。ふたりの病室は違うが同じ階に入院しているのでなおさらだ。

「姐さん、その件でしたら懸念は無用です」

「どういうこと？」

「篤行さんから報告を受けて、すでに手を打ちました。長江組系泉州《せんしゅう》会が山形さんの前に現れることは二度とないと思います」

祐はどこか誇らしそうに過去のこととして語ったが、氷川は当然ながら納得できない。

「だから、どういうこと？　……山形さんからお金を貰《もら》ったの？」

ヤクザの執拗《しつよう》な攻撃から逃げるためにほかのヤクザに助けを求めるという話は、氷川も何度か聞いたことがある。ヤクザに依頼するとなれば、まとまった大金を用意しなければならない。その後はヤクザ同士の話し合いになる。氷川は山形が眞鍋組に大金を積んだのかと思ったが、祐は苦い笑いを浮かべた。

「篤行さんもよくわかっています。篤行さんは橋高《きったか》顧問に気の毒な山形さんのことを話したのです。山形さんは何も知りません。これでわかりますね？」

呆れるぐらい昔気質《むかしかたぎ》の橋高がどのような行動を取ったのか、氷川もいちいち聞かなくてもわかる。橋高は無償で山形のために働いたのだ。山形は橋高なるヤクザに助けられたことを知らない。

「橘高さん、タダで山形さんを助けてあげたんだね」

氷川は自信を持って言い切った。

「橘高顧問らしいでしょう」

祐は大きな溜め息をついているが、そんな橘高を誇りにも思っているようだ。橘高の義子である清和も同じ気持ちを抱いているに違いない。

「うん、橘高さんらしすぎる」

暴力団も資金繰りに苦労して、あの手この手で金を作ろうと躍起になっている。山形もそんな台所事情の苦しい長江組系の暴力団員に引っかかったのだ。眞鍋組が助けなければ、山形も経営する会社も無残な結果を迎えていただろう。

「ちょっとぐらい報酬を貰うとか、せめて礼の一言ぐらい言わせるとか、橘高顧問のお人《ひと》好《よ》しにもほどがあると思うんですけどね」

なんの見返りもなく人を助ける者がこの世にどれくらいいるのか、氷川には今のところ橘高しか思いつかない。

「その、長江組系のヤクザだったんでしょう？　話し合いだけで上手くいったの？」

「長江組系泉州会の会長と橘高顧問は古い知り合いなんだそうです。会長にフレンチを奢《おご》っただけですんだと笑っていましたけど」

仁義を重んじる極道として名を馳《は》せているせいか、橘高には古くからの知り合いが多かった。人脈も財産にほかならない。この橘高の財産をすべて受け継ぐのが清和である。藤堂が心の底から羨《うらや》ましがっていた最高の財産のひとつだ。

「それだけでも、ほかのヤクザだったら山形さんにまとまったお金を要求するんだろうね」

目の虚《うつ》ろな山形から暴力団員に要求された金額について、氷川は聞いた覚えがあるが、そうそう用意できる金額ではなかった。

「そうです、チンピラでもここぞとばかりにふんだくりますよ。本当に橘高顧問は金を稼げないヤクザです」

安部《あべ》さんもそうですけどね、と祐は義父《ちち》とも慕う眞鍋の重鎮の名を出した。清和が後を継いでいなければ、眞鍋組はすでに跡形もなく消え去っているだろう。

「それが橘高さんのいいところだと思う」

「……話が逸れましたね。とにかく、山形さんのことは心配なさらずとも結構です。姐さんはご自分のことだけを心配してください。組長だけでなく眞鍋組構成員全員のお願いです」

「……もう」

赤く染まりかけた自然の中に、勤め先である明和《めいわ》病院が浮かんでくる。氷川はいつもの定位置で降りると白い建物に向かった。

こなした。

午前中の外来診察のせわしなさは変わりなく、氷川は流れ作業にも似た時間をひたすら

「長男には家も車も別荘も買ってあげましたのよ。ふたりの孫の大学までの学費も私が出しましたの。それなのに一年に一度も顔を見せませんの。お金のいる時だけ息子から電話が入りますの。いったい私をなんだと思っているのかしら」

夫を早くに亡《な》くした資産家の老婦人が、氷川に切々と愚痴を零《こぼ》した。ここはサロンではなく病院だと、孤独な老婦人を突っぱねることはしない。

「お母様がしっかりしていらっしゃるから甘えているのかもしれませんね」

「甘えるのもいい加減にしてほしいわ。私は嫁の実家の家も建ててあげたし、嫁の弟の結婚費用も出してあげたし家も買ってあげましたのよ。昨日なんか、二年ぶりに電話があったと思ったら、嫁の弟の家が古くなったからリフォーム代金を振り込んでくれ、って」

長男夫婦に対する老婦人の長年の恨みが延々と続きそうなので、氷川はにっこりと微笑みながら言った。

「一度、息子さん夫婦とじっくり話し合ったほうがいいかもしれませんね。もしくは、離

れてみるとか？　今の状態が苦しいのならば変えるために動かないと」

「頭にきてまだお金を振り込んでいませんの」

「それでいいと思いますよ」

孤独な老婦人の次は腎臓を悪くしている中年の患者だ。食生活が如実《にょじつ》に検査結果に表れているので注意した。

息をつく間もない外来診察を終えて、医局で遅い昼食を取る。製薬会社のＭＲが営業スマイルを浮かべて近づいてくるが、氷川も温和な笑顔で綺麗《きれい》に受け流して逃げた。ＭＲに捕まっている場合ではない。

それから、氷川は病棟で担当している入院患者を診《み》て回《まわ》った。

長江組系の暴力団に苦しめられていた食品会社の社長の山形は、不思議そうな顔で語りだした。

「先生、金曜日のことは聞いてくださいましたよね。一昨日の土曜日もヤクザが大勢でうちの会社に来て騒いだんですよ。それも一日に何回も入れ替わり立ち替わり……それが、昨日は誰も来なかったんです。今日もまだ誰も来ないそうなんです。電話もないとか……」

昨日の日曜日、橘高は山形を狙《ねら》っていた長江組系暴力団の会長と会っている。もちろん、山形は何も知らない。

「よかったじゃないですか」

「嵐《あらし》の前の静けさか……何か気味が悪くなりました。後になって一気に来るんでしょうか」

　山形の不安は尽きないらしく、相変わらず大きなストレスを抱えたままだ。

　氷川は真実を告げて山形を安心させてやりたいが、そういうわけにもいかない。医者の顔で優しく微笑んだ。

「大丈夫ですよ、警察の取り締まりが厳しくなったとかで、今はヤクザも下手なことはできないそうですから」

「法律が厳しくなったせいで余計に地下へ地下へ、っていうのか、余計に狡賢《ずるがしこ》くなったと聞きましたよ」

　どんなに締めつけが厳しくなっても、暴力団は闇《やみ》に潜って活動する。警察と指定暴力団のいたちごっこは果てしなく続いているのだ。特効薬を発明しても新たな病原菌が現れるのとどこか似ていた。

「山形さん、安心してください。たぶん、もう大丈夫ですから」

「他人事《ひとごと》だと思って」

　山形に吐き捨てるように言われて、氷川は辛くなってしまった。時に氷川の優しさは誤解を招きかねない。

「僕は山形さんを早く治してさしあげたいと必死になっているんですよ？　他人事じゃない」

氷川がどれだけ山形を気にかけているか、それは山形本人もわかっているらしく、申し訳ないような顔をした。

「……あ、すみません」

「その長江組系のヤクザも引き際を知っていたんでしょう。大丈夫ですよ」

氷川が力強く言い切ると、山形は神妙な顔つきで黙り込んだ。山形は今にも不安に押《お》し潰《つぶ》されそうだが、数日前のような悲愴感《ひそうかん》は漂っていない。氷川は時間をかけて山形を宥《なだ》めた後、中年の入院患者の前に立った。わがまま放題のこちらの入院患者も相変わらずであるが、氷川は医師として誠実に接した。

氷川のガードである篤行は感心するぐらい完璧《かんぺき》な病人を演じている。山形について一言なりとも話したいがぐっと堪《こら》えた。誰に聞かれるかわからないからだ。

篤行が入院している病室を出ると、地味なダークグレーのスーツに身を包んだ滝沢が立っていた。滝沢は大手の不動産会社に勤めているが、営業なのでだいぶ時間の自由がきくらしい。彼は手を挙げて、親しそうに笑いかけてきた。

「滝沢、お母さんの容体は？」

氷川は逃げたりせず、真正面から滝沢と向かい合った。

「おかげさまで」

「それはよかった」

病棟の廊下で内科医の氷川とスーツ姿の滝沢が立ち話をしていても、これといっておかしい光景ではない。滝沢は見舞い客にも患者の家族にも、それこそ病院スタッフにも見ようと思えば見える。だが、氷川のガードとして病院内に潜り込んでいる眞鍋組の関係者には許《ゆる》し難《がた》い場面だ。

氷川は周囲を窺《うかが》ったが、それらしい影はない。

「氷川、土日も休みはほとんどないって聞いていたけど、昨日と一昨日は休みだったのか？」

「昨日と一昨日、病院に来たのか？　ああ、お母さんの見舞いにか」

「わかっているだろう？　お前を口説きに来たんだ」

滝沢は背を屈《かが》めると、氷川の耳に小声でそっと囁《ささや》いた。

「まだ、そんなことを言っているのか」

「もう悩まないって言っただろう？　俺とお前は上手くやっていけるよ。必ず、幸せにする。大事にするぜ」

「僕、まだ仕事中だから」

ここで言い合っても時間の無駄だとわかっているので、氷川は切り上げようとしたが、滝沢は食い下がった。

「帰り、待っていちゃ駄目か？」

高校時代、俺はお前とふたりきりで学校から帰りたかった、と滝沢はどこか遠い目で呟いた。氷川をほかの同級生にとられた悔しさが滲みでている。もしかしたら、精神年齢も高校生に戻っているのかもしれない。

「君も仕事だろう。それに僕の仕事が終わるのは遅い。今日は深夜近くまでかかるんじゃないかな」

「構わない。いつまでも待つ。お前を待ちたいんだ」

恋に浮かれた十代のような滝沢の反応に、氷川が呆気《あっけ》に取られていると、背後に濃紺のスーツに身を包んだ青年が現れた。総務部のスタッフらしく、胸には名札がついている。

「氷川先生、至急、総務のほうにお願いします」

「総務？　わかった」

氷川は滝沢に背を向けると、総務部のスタッフとともに歩きだした。滝沢の前から一刻も早く立ち去りたい氷川の足取りは速い。それ以上に総務部のスタッフは足早に歩いた。

不測の事態が起こって呼びだされたのかと、氷川の背筋に冷たいものが走る。今現在、取るに足らない些細《ささい》なことでクレームをつけてくる患者は少なくなかった。

「君、何かあったのか？」

　氷川が小さな声で尋ねると、総務部のスタッフは廊下に佇《たたず》んでいるスーツ姿の青年を指で差した。一瞬、目の錯覚かと思ったが見間違えるはずがない。甘い顔立ちの美青年が悠然と立っている。

「祐くん？　……っと、もしかして、君は眞鍋組の関係者なのか？」

　総務部のスタッフだとばかり思っていた青年は眞鍋の関係者だった。氷川は腰を抜かさんばかりに驚く。

「姐さん、初めてご挨拶《あいさつ》させていただきます。俺はサメの舎弟のイワシです。以後、お見知りおきを」

　氷川の職場はまったく関係ない人物がスタッフとして病院内を歩くことが可能だ。それは説明されなくても氷川にはよくわかる。

「なるほど、よく化けたね。全然、気づかなかった」

　氷川は総務部のスタッフを全員知っているわけではない。それでも、まったく知らないわけではない。目の前にいるサメの舎弟のイワシは、氷川が知っている総務部のスタッフのひとりに雰囲気のみならず立ち居振る舞いも背格好もよく似ていた。サメの舎弟だと知っても、真面目で清潔感のある青年は総務部のスタッフにしか見えない。

「姐さんに何かあったら俺は指を詰めないといけません。こちらも必死です」

　それを言われると氷川も辛くて困惑してしまう。

「……ん」

「滝沢のこと、許されませんよ」

滝沢から氷川を引き離すために、サメの舎弟は声をかけたのだ。二度も氷川の唇を奪わせるわけにはいかない。

「それか……」

氷川がこめかみに手を当てていると、祐がゆっくりと近づいてきた。

「姐さん、病室の前で滝沢といちゃついていたとか？」

耳鼻咽喉科の外来を受診したのか、祐の声はいつもの調子に戻っていた。甘い顔立ちに似つかわしい甘い声だ。

「祐くん、声が戻ったみたいだね、よかった」

「ありがとうございます。姐さんのご助言に従いました。それで、滝沢とふたりきりでいちゃついていたんですか」

祐のくどい小言を聞きたくなくて、氷川は進行方向にある階段に向かって歩きつつ言い返した。

「僕はいちゃついていないよ……あれ？　桐嶋《きりしま》さんがどうしてこんなところにいるの？」

祐の背後から地味なグレーのスーツに袖《そで》を通した桐嶋が現れたので、氷川はきょとんとして立ち止まった。桐嶋は安静にしていなければならない状態のはずだ。

桐嶋は開口一番、氷川に対する苦情を述べた。

「姐さん、これは全部姐さんが悪いで」

「これは……って？　滝沢のこと？　そんなことより、桐嶋さんはなんでこんなところにいるの？　怪我は？　絶対安静の重傷だよ？」

氷川は桐嶋の身体《からだ》が心配でならないが、当の本人はケロリとしている。いや、なんというのだろう、己の負傷を忘れているような気配があった。

「……え？　俺のことはええんや。大事なひとり息子さえ無事ならそれでええ。ほんで、姐さんのことや。こればかりは姐さんが悪い。姐さん、ジブンが男にとってどう見えるか、一度、よう考えよな。姐さんにはその気がない男でもその気になんで？　隙《すき》あらば狙うで？　隙がのうても狙うんちゃうかな」

女専門の元竿師《もとさおし》が恐ろしいぐらい真剣な顔で氷川を凝視した。

「桐嶋さんまでそんなことを言うのか」

氷川はがっくりと肩を落としたが、桐嶋はいきりたった。

「そんなん、姐さんの舎弟やからこそ、言わせてもらいま。あんな危ない男のそばに行ったらあかんがな」

「だから、滝沢は大丈夫だって」

氷川は必死になって手を振ったが、なんの効果もなかったようだ。桐嶋だけでなく祐やサメの舎弟の視線も冷たくなる。

「姐さん、男をナメたらあかんがな。どんな男でも手のつけられへん息子がひとりおるんやからな。そのひとり息子が姐さん狙って暴れるんやで？　その気になれば姐さんなんて楽に強姦《ごうかん》できんで？」

桐嶋もサメやショウと同じことを口にした。そばで聞いている祐もサメの舎弟も大きく頷いている。

「滝沢は普通の男だから」

「せやから、普通の男にも手のつけられへんひとり息子がおるって言うてるやんか。滝沢は姐さんを力ずくで押し倒すで？　姐さんに男がおっても奪いに来んで？」

桐嶋の語気はやけに荒く、身に纏《まと》っている空気もピリピリしていた。祐は今にも退職を迫りそうな勢いだ。もう悠長なことは言っていられない。

「……もう、三日も待ってられないね。僕のほうがおかしくなりそうだ。今日中に決着をつけようか」

氷川は覚悟を決めると、これからの予定を頭の中で立てた。会議や勉強会がないので時間が合えば今日中に滝沢を諦めさせられる。

「姐さん、どないしたんや？」

「滝沢のこれからの行動をチェックして、職場に戻ったら連絡をくれ。滝沢の職場で決着をつける。一般社会で生きる男がどういうものか教えてあげるよ」

「そんな、わざわざ危ない男の元へ行かんでもええがな。あの男はますます増長すんで？　そこで押し倒されたらどないするんですか？」

桐嶋は鬼のような形相で怒ったが、氷川は首を大きく振った。

「滝沢の職場で押し倒されるわけないだろう。ほかにもスタッフはいるんだから」

天と地がひっくり返っても、それはないと氷川は断言できる。

「そんなん、俺やったらみんなの前でヤったるで？　姐さんの大事な清和くんやってみんなの前で姐さんとヤるで？　みんなに見せつけて羨ましがらせてやるわ」

桐嶋がとんでもないことを宣言すると、隣にいた祐もサメの舎弟も同意した。氷川には理解しかねる男たちだ。

「……犯罪」

「それがなんや」

「もう、いいから。それより、桐嶋さんはどうしてここに？」

氷川が無理やり話題を変えると、桐嶋は爽《さわ》やかな笑顔を浮かべた。

「一度、挨拶をしておこうかと思うて」

「そんなの、いいのに」

「藤堂のことも一言謝っておこうと思うて。ちゅうか、頼んでおきたいんで」

桐嶋は頭を掻《か》きながら、言いにくそうにその名を出した。

藤堂が忽然《こつぜん》と姿を消してしまったことは、すでに氷川も聞いている。そのことに清和や眞鍋組が神経を尖《とが》らせていることも知っていた。

「藤堂さん、どこに行ったの？」

「わからへん、見当もつかへんねん。あいつはいったい何を考えとんや」

風のように消えてしまった藤堂に、桐嶋は途方に暮れていた。もっとも、桐嶋でなくても困惑するだろう。

「僕に言われても」

消沈してる桐嶋が可哀相《かわいそう》なので答えてやりたいが、氷川には答えることができない。

「せやな……もし、姐さんのとこに顔を出したら、帰ってくるように言うてください。これ以上、俺を振り回さんとってほしいわ」

桐嶋が頭を下げた時、氷川のポケベルが鳴った。

「あ、呼ばれてる。えっと、桐嶋さん、絶対に無理しちゃ駄目だよ。そんなんじゃ、治るものも治らないからね。祐くん、滝沢が職場に戻ったら僕に連絡をくれ」

氷川は憮然《ぶぜん》とした面持ちの祐にこれからの確認を取ると、白衣の裾《すそ》を靡《なび》かせながら病棟に向かった。

9

夕方の六時を過ぎた頃、氷川《ひかわ》の携帯電話に祐《たすく》からメールが届いた。滝沢《たきざわ》が都心にある営業所に戻ったという連絡だ。氷川はメールを返すと、白衣を脱いだ。

いつもの待ち合わせ場所には、すでに黒塗りのベンツが待機している。ショウが後部座席のドアを開けて待っていた。

「お疲れ様です」

「ショウくん、ありがとう」

氷川が広々とした後部座席に乗り込むと、助手席に座っていた祐がわざとらしいぐらいの猫撫《ねこな》で声《ごえ》で挨拶《あいさつ》をしてきた。

「姐《あね》さん、お疲れ様です。姐さんが医者になるためにどれだけ努力をされたか聞いておりますので、退職させたくはないのですが？」

「祐くん、もうそんな嫌みはいいから。ショウくん、早く出して」

氷川は祐にうんざりして、ショウを急かした。

ショウは一声かけてから、黒塗りのベンツを発進させる。あっという間に、夕闇《ゆうやみ》に包まれた白い建物が見えなくなった。

「姐さん、滝沢のデータに目を通しましたか？　滝沢は高校生の頃の恋を断ち切れずにいる男です。滝沢の彼女遍歴は見物《みもの》ですよ。みんな、姐さんそっくりです」

祐の手元にはサメが集めた滝沢の資料の束がある。滝沢が過去に付き合った女性の顔写真も揃《そろ》っていたが、みんな清楚《せいそ》な美女で、氷川にどことなく似ていた。それは氷川も認めないわけにはいかない。

「元々、そういうのが好みなんじゃないか？　だから、僕のことが気になったのかな」

「卵が先か、鶏が先か、の話をする気ですか？」

祐が口にした喩《たと》えに氷川は反論できなかったが、別方向から切り返した。

「……卵と鶏か。でも、僕みたいなのがタイプの男は、女性も好きだよ。僕は女性の代用品になるみたいだ。実際に女性がいたら男の僕に手を出さない」

高校時代、引《ひ》き摺《ず》られるようにして関係を持った同級生は、彼女ができると氷川からあっさり離れていった。綺麗《きれい》な顔立ちをした氷川は女性の代用品だったのだ。氷川も縋《すが》ることもなく普通の友人に戻った。

「姐さん、自分が女性の代用品だなんて仰《おっしゃ》らないでください。そういうデータは出ていませんよ。そんなことを思っているのは肝心の姐さんひとりかもしれません」

祐の口ぶりからして、氷川の過去のすべてが眞鍋《まなべ》のデータに収められているようだ。

「……もしかして、僕の過去も全部調べているの？」

「高校時代、姐さんに強引に迫った同級生のことも、姐さんを力ずくで押し切った先輩のことも、姐さんにストーカーみたいに付《つ》き纏《まと》った患者のことも、姐さんにトチ狂ったＭＲのことも……そのほかの方のことも調べています。我らが姐さんが男にとって魅力的な存在なのだとよくわかりました」

明和《めいわ》病院で再会した後すぐに、氷川の状況がどのようなものか、清和《せいわ》は調べさせたらしい。ゆえに、氷川の意思に反して進んでいた見合い話の裏も知ったのだ。高校時代のプライベートまで調べられているとは気づかなかったが、清和なので妙に納得してしまう。

「……清和くんなら調べさせるかな」

「今回、滝沢は死ぬ気で奪いに来ると思います。呑気《のんき》に構えないでください」

「滝沢は女性と付き合って婚約したんだ。女性と付き合えるのならば、いつか必ず女性と結婚する。たとえ、僕のことが忘れられなくてもね。普通の世界で生きる男はそういうものだよ」

滝沢が結婚を三度も破談にした理由は実らなかった十七歳の時の恋、すなわち氷川である。氷川の面影が刺《とげ》のように心に突き刺さっているらしい。

それでも、氷川は滝沢がいずれ女性と結婚して家庭を持つと確信していた。

「滝沢が自分から不幸な人生を選ぶとは思いませんが？　なぜ、心に我らが姐さんがいるのにほかの女と結婚するんですか？」

祐は氷川の説が理解できないらしく、形のいい眉《まゆ》を顰《ひそ》めた。キツネのように狡猾《こうかつ》と評判でどちらかというと損得で勘定するビジネスマンタイプだが、根は純粋なのかもしれない。

「世の中っていうのはそういうものです」

どこか浮き世離れしている氷川に世間について語られるのが、祐は甚《はなは》だ面白くないらしく、甘く整った顔が引《ひ》き攣《つ》った。

「一昔前ならいざ知らず、今は三十どころか四十超えた独身も多いですから？　世間体《せけんてい》のために無理に結婚する必要はないと思いますよ」

氷川の職場にも医師にしろ看護師にしろ薬剤師にしろ検査技師にしろ、四十歳を遥《はる》かに超えている独身の男女は多かった。また、それが認められている職場であり職種かもしれない。

「祐くんは普通の会社で働いたことはないね。普通のサラリーマンの気持ちや世界はわからないと思う」

「Dr.氷川？　姐さんも普通のサラリーマンの気持ちと世界はわからないでしょう」

祐は苦い笑いを浮かべているが、氷川はきっぱりと言った。

「祐くんや清和くんよりわかる。それに医者の世界は普通の社会とそんなに変わらない……ううん、息苦しさと窮屈さはそれ以上かもしれない」

氷川は清和が初めての男ではない。白皙《はくせき》の美貌《びぼう》や儚《はかな》げな風情にひきつけられるのか、氷川に求愛した男はひとりやふたりではなかった。断固として拒否したこともあるし、命がけで逃げたこともある。相手の熱意と押しの強さに負けたことも、寂しさに付け込まれたこともある。けれども、どんなに最初は情熱的に口説いてきても、結末はいつも決まっていた。相手の性格や立場がそれぞれ違っていてもだ。

たとえ、どんなに氷川を欲しがった男でも、必要に迫られれば女性と結婚する。一般社会で生きている男にはそうせざるを得ない状況があるのだ。

「重ねて質問します。なぜ？　姐さんは俺や組長よりおわかりになるのですか？　根拠なりともお聞かせ願いたい」

「僕が女性を愛せない男だったから」

氷川が切なそうに口にした言葉を、祐は摑《つか》みかねているようだ。

「……は？　どういうことですか？」

俺も女性は好きではありません、と祐は続けた。彼の場合は母親の影響が大きすぎるのだ。

「祐くんが今いる世界も前の世界も、普通からかけ離れた世界だから」

「医者の世界も独特だと思いますけどね」

「それでもヤクザや芸能界とは違うよ。僕が知る限り、男同士のカップルはいない。表面上はね」

祐が何か言いかけた時、滝沢の職場である不動産会社の営業所が見えた。世界的に有名な建築家が手がけたという自社ビルは周囲を圧倒している。

「祐くん、滝沢は本当に営業所にいるのか？　もう一度、確認してくれ」

氷川が確認すると、祐は携帯電話でサメと連絡を取った。

「祐です。お疲れ様です。今、営業所の前にいます。確認したいのですが、滝沢は営業所にいますか？　……はい、はい、ありがとうございました」

祐は携帯電話を切ると、氷川に報告をした。

「姐さん、滝沢は営業所から出ていないそうです」

「ありがとう。さて、行ってくるから待っていてくれ」

氷川が後部座席から降りると、祐やショウも無言で後に続いた。守らなければならない氷川をたったひとりで、危険人物と見なした滝沢の元に行かせたくないらしい。何かあってからでは遅い、というのが祐やショウの持論だ。

「これは僕ひとりで行かないと意味がないんだ。僕を信じて待っていてくれ」

氷川は祐とショウを振り切ると、営業所の中に飛び込んだ。

「いらっしゃいませ」

制服姿の若い女性スタッフが優しい笑顔で氷川を迎えた。

ポイントとなるような場所に観葉植物が飾られた営業所内は、広々としていて清潔感が漂っている。白いカウンターの中央では制服姿の女性スタッフが若い女性にワンルームの物件の資料を並べ、端では水玉のネクタイを締めた男性スタッフが若い夫婦にスポーツジムを併設しているマンションを勧めていた。

「滝沢浩太郎《こうたろう》を呼んでください」

氷川が銀縁のメガネを外しながら優しく微笑《ほほえ》むと、制服姿の女性スタッフは言葉に詰まった。日本人形のような美貌にまじまじと見惚《みと》れる。

氷川はここまで見惚れられるとは思っていなかった。それでも、女顔の男が滝沢を訪ねているということを印象づけたいので、まだメガネはかけない。

「すみません、滝沢浩太郎を呼んでいただけませんか?」

氷川がメガネを手にしたまま再度言うと、ようやく自分を取り戻した女性スタッフは慌てふためいた。

「し、失礼いたしました。滝沢ですね、少々お待ちください」

恐縮する女性スタッフに気づいたのか、ブースで仕切られたスペースの奥から滝沢が顔を出した。彼の手にはテレビでCMが流れている高層マンションのパンフレットがある。

「……氷川?」

前触れもなく職場を訪ねてきた氷川に、滝沢が動揺しているのは明らかだった。氷川が予想した通りだ。

「滝沢、話があるんだ」

氷川は自分でも気味が悪くなるくらいの甘い声で語りかけると、滝沢の腕に自分の細い腕を絡ませた。これだと客には見えないだろう。

制服姿の女性スタッフは興味深そうに、氷川と滝沢を交互に見つめている。ブースの向こう側にいた男性スタッフの視線も、滝沢に腕を絡ませている氷川に注がれていた。

「男だな？　いや、女なのか？」

中年の男性スタッフは氷川の性別に自信がないらしく、若い部下に確かめていた。

「綺麗だけど男だと思います」

営業所内の視線を確認してから、氷川はメガネをかけた。

「あ、ああ、よく来てくださいました。外に出ましょう」

滝沢は我に返ったのか、叩《たた》き上《あ》げの営業スマイルを浮かべると、さりげなく氷川の腕を解《ほど》いた。そして、男同士がよくやるような肩の組み方をする。

「滝沢、病院での態度と違うよ」

「外へ」

滝沢はどんなに愛を口にしても、己の職場で氷川と接するのは気が引けるようだ。この滝沢の反応も氷川の予想と違《たが》わない。

「ここがいい」

氷川はカウンターの椅子《いす》に座ろうとしたが、滝沢に阻《はば》まれてしまう。腕をむんずと摑まれて、強引に立たされた。

フロアにいるスタッフの視線が滝沢と氷川に集中している。

「部屋を探しているのか？」

滝沢は氷川の耳元でそっと囁《ささや》くように尋ねた。

「僕と滝沢の将来について話したいだけ」

氷川は甘えるように滝沢の肩に顔を埋《うず》めようとした。だが、滝沢にスルリと躱《かわ》されてしまう。パンパンパン、と氷川は景気よく背中を叩かれた後、がしっと肩を抱かれる。

「外に出よう。落ち着ける場所がいい」

滝沢の動作は力ずくでも、表情と声が変わらないのはさすがだった。ここで怒鳴っても己の立場が悪くなるばかりだとわかっているからだ。

「ここがいい」

「外のほうがいいから」

滝沢に鬼気迫るもの感じて、氷川は自動ドアを潜《くぐ》った。それでも、営業所から遠く離れようとする滝沢を氷川は止めた。営業所のすぐ右隣にあるフラワーショップの前で、滝沢の腕を摑んだまま足に力を入れる。

人通りは多く、仕事帰りのＯＬやスーツ姿のサラリーマンの団体に混じって学生も騒ぎながら歩いている。営業所の左隣にあるガラス張りのコーヒーショップは客の出入りが激しく、行き交う人は絶え間ない。そのうえ、営業所のスタッフは中から氷川と滝沢の様子を窺《うかが》っている。

車の中に戻ったのか、祐とショウの姿は見えない。話が終わるまで出てこないでくれ、と切に願った。

「滝沢、僕が好きだって、僕がずっと忘れられなかったって言うくせに、職場の人に僕とのことを知られるのはいやなんだね」

氷川がわざと悲しそうな顔で言うと、滝沢は首を左右に大きく振った。

「……そういうわけじゃない。第一、困るのは医者のお前だ」

「僕はもう覚悟はできているよ。僕はどうしても女性が愛せないからね。こんな顔だし、いつかバレるんじゃないかな……ううん、僕が気がつかないだけで、もうバレているかもしれない。こういう顔だとね、たとえそうじゃなくても、ホモだとか、オカマだとか、結構言われるんだよ」

氷川が自分の顔に手をやりながら溜《た》め息《いき》をつくと、滝沢は言葉を失っていた。

ちなみに、高校時代に氷川よりずっと女の子のように可愛い同級生がいたが、その可憐な容姿は嘲《ちょう》笑《しょう》の的《まと》になっていた。本人にそういう性癖はないのに、ホモ、オカマ、とさんざん揶揄《からか》われたのだ。そのことは氷川だけでなく滝沢も覚えているらしい。

一呼吸置いてから、氷川は言葉を重ねた。

「生涯、僕が女性と結婚することはない。滝沢は僕と本当の夫婦のように一生添い遂げる覚悟があるのか？」

氷川が真正面から滝沢を見据えると、彼もまた真摯《しんし》な目で頷《うなず》いた。

「ああ」

滝沢の目は氷川への積年の想《おも》いを如実《にょじつ》に語っていた。彼の自分に対する狂おしいまでの想いを、氷川も感じないわけではない。滝沢は本当に真面目で優しくて清々《すがすが》しくて、文句のつけようがない男だ。滝沢を泣かせたくはないが、ことがことだけにそうも言っていられない。

「そろそろ周囲から結婚を勧められるんじゃないか？　いくら都会でも独身は苦しくなってきただろう」

「そうでもないぜ」

「お母さん、滝沢に一日も早く結婚してほしいってさ。結婚するように説得してくれって頼まれた」

氷川は明和病院に入院している滝沢の母親にそれとなく話を振った。やはり、母親は一人息子の結婚を望んでいる。三度も結婚を破談にした一人息子に対する心労は大きい。

「オフクロのことは気にするな」

口ではそんなことを言っているが、滝沢が母親を気にしていることは確かだ。父親をすでに亡くしているし、滝沢には兄弟もいないので、母親のことは最大の気がかりなのだろう。

「君は女性が駄目なわけじゃない。だから、女性と結婚しようと思えばできる。世間の目とお母さんに負けて、いつか、僕を捨てて結婚するだろう」

氷川は滝沢との将来を冷静な口調で言った。どう考えても、滝沢との未来に永遠はない。

「そんなことはしない」

人通りの多い場所で、滝沢は周囲を窺いながら否定した。

「僕を捨てなくても、ほかの女性と結婚する。月に何回か、僕のところに通ってくるのか？　男同士だから仕方がないって？　僕はずっと日陰の身か？」

かつて氷川に熱烈に求愛した男は、必要に迫られて結婚した。しかし、氷川も決して離そうとはしなかった。その状況に苦しくなったのは氷川のほうだ。男を愛していたから苦しくなったのではない。男の周囲の思いを知ったから、苦しくて耐えられなくなったのだ。

「そんなことはない。ありもしない未来を言うな」

「男の僕と夫婦として暮らしています、ってお母さんや友人、職場で宣言してくれるのか？」

無理だろう、と氷川は滝沢に挑むような目で言い放った。

「わざわざ言いふらすことじゃない。好奇心たっぷりの目で見られるのは、俺より女みたいに可愛いお前のほうだぜ？」

「ズルイ男だね」

氷川がズバリと言い切ると、滝沢の顔つきは険しくなった。

「心外だ。君のためだぞ」

現役の営業マンに口で敵《かな》うわけがない。そう悟った氷川は予《あらかじ》め考えていた強硬手段に出た。

「誰が見ていてもいいからここで僕にキスしろ」

ここは滝沢の勤務先の隣にあるフラワーショップの前で、人が行き交う大通りだ。赤いエプロンをつけたフラワーショップの店長は、顔見知りの滝沢と目が合うと、明るい笑顔で挨拶代わりの会釈をしてきた。滝沢の勤務先のスタッフは暇なのか、ちらちらとこちらを窺っている。

高飛車な氷川の求めに、滝沢はひどく狼狽《ろうばい》した。

「……ここで？」

滝沢が氷川を本気で愛していることは確かだ。でも、滝沢は世間や偏見を乗り越えてまで、氷川とともに生きていく度胸はない。母親も泣かすことはできない。そう睨んだ通り、滝沢は真っ青な顔で固まっている。一般社会で生きる滝沢は己の職場付近でネクタイを締めた男とキスはできない。どちらかが泥酔していない限り、腕を組んで歩くことすらできないだろう。

「ここで僕にキスできるんなら君と付き合う」

「………」

「滝沢？」

氷川がキスを求めて唇を近づけると、滝沢は素早い動作で身体《からだ》を引いた。

「……ここじゃ」

キスから逃げた男に、氷川は苦い笑いを浮かべた。

「滝沢、できないだろう？　こんなところで男の僕とキスしたら、明日から職場に行けなくなる。同性愛者がどんな目で見られるか、どんな扱いを受けるか知っているか？　滝沢は退職に追い込まれるかもしれない。退職しても人の口に戸は立てられないし、世間は狭いから新しい職場に噂《うわさ》は流れるよ。新しい職場でもいづらくって、また退職する。たぶん、その繰り返しだ。転職歴の多い男が再就職でどれだけ不利か、今から覚悟しておいたほうがいい」

氷川は畳みかけるように一気に語った。

昔よりオープンになったというけれども、同性愛者に対する偏見は根強い。必死になって己の性癖を隠し続けている同性愛者は多かった。

「いやがらせか?」

滝沢は勤務先である営業所に背を向けたまま、耳を澄まさないと聞こえないほど小さな声で言った。

「違うよ」

滝沢にいやがらせをするつもりは毛頭ない。彼の社会的地位を奪う気もない。もうすっぱりと諦《あきら》めてほしかった。ただ、それだけだ。

「俺を試しているのか?」

「今、僕は恋人と暮らしている。恋人っていうよりもう夫婦だ。結婚式は挙げていないし、戸籍にも入っていないけど、僕は奥さんになっている。周りの人たちも僕を奥さんとして扱ってくれるんだ」

滝沢は本気で愛してくれた男なので、氷川も本当の近況を告白した。愛した男と同じ屋根の下で暮らす日々は最高だ。周囲の理解もあるのでなおさらである。

一般社会で生きる滝沢には考えられない事態らしく、言葉に詰まっていた。彼は氷川と一緒に暮らしても、間違いなくその関係は隠し続ける。

「たぶん、僕の恋人は僕が頼んだらどこででもキスしてくれると思う。僕との関係を世間的にも隠してないからね。彼のご両親も優しくて、僕を本当の子供のように大切にしてくれる。彼の職場の人も優しく見守ってくれるんだ」

男を売る世界で生きる清和が同性の氷川を妻にしたなど、前代未聞《ぜんだいみもん》の珍事なんてものではない。今でも心ない輩《やから》にはさんざん嘲笑《あざわら》われている。おまけに、清和は氷川のために本妻候補と目されていた先代組長夫人の親戚筋《しんせきすじ》に当たる華やかな美女を捨てた。氷川を気に入ったのならば、愛人としてマンションに囲えばいいのだ。それならば世間的にも言い訳がつく。そうしなかったのは、清和の氷川に対する純粋でいて深い想いだろう。

実際に口に出すと今の自分がどれだけ恵まれているのか、氷川は痛いくらい感じた。孤独だった過去が綺麗に消え去る。清和に会うために生まれてきたのだと、清和と愛し合うために生きているのだと、そう思う。

「……そのっ」

滝沢は食い下がろうとしたが、氷川は付け入る隙《すき》を与えなかった。

「今、僕はとても幸せなんだ。その幸せを手放すつもりはない。彼のような男は二度と現れないから」

清和を思いながら語っていると感情が昂《たかぶ》ってきて、氷川の綺麗な目からポロリと涙が零《こぼ》れた。

「お前……」

「滝沢は彼みたいに僕を愛せないだろう?」

滝沢がどんなに愛してくれていても、清和と同じ愛は与えてはくれない。氷川は宥《なだ》めるような声音で滝沢に尋ねた。

「俺には俺の愛し方がある。なんでも公にすればいいというものじゃない。余計な波風を立てるだけだ。俺はお前の風当たりがきつくなるようなことはしたくない。そうだろう? お前の今の男は何か勘違いしていないか? そんな男はやめたほうがいい」

優しいけれどズルイ男、誠実だけどズルイ男、と氷川は滝沢を心の中で詰《なじ》った。そして、最後の勝負に出た。

「今、ここで僕にキスをしろ。できないのならば、もう二度と僕の前に現れないでくれ」

氷川は滝沢に向かって上品な唇を尖《とが》らせた。往来の多い道端で滝沢が男にキスできるわけがない。

「氷川、あっちに行こう」

氷川の腕を摑むと、人気の少ない裏通りに向かって歩きだした。

むろん、氷川は裏通りに連れ込まれたりはしない。フラワーショップの隣にある雑貨屋の前で踏みとどまった。

「滝沢、あっちじゃない、ここでだ。ここでキスして」

氷川が声を荒らげると、すれ違った通行人がぎょっとしていた。キス、という単語が耳に入ったのだろう。

「おい……」

おとなしいとばかり思っていた氷川の意外な一面に、滝沢は困惑しているようだ。

「僕からキスをしてもいい？」

「…………」

氷川は滝沢を見上げると、悪戯《いたずら》っ子《こ》のような顔で笑った。

「営業所の方たち、みんな、こっちを見ているけどいい？　披露宴の二次会じゃないからここで男同士のキスはヤバイよね。王様ゲームの最中でもないから冗談じゃすまない」

「……氷川」

氷川は苦渋に満ちた面持ちの滝沢に唇を近づけた。しかし、彼は何かに突き動かされるように氷川の唇から逃げた。

「僕からキスされるのもいやなんだね」

滝沢は氷川の視線から逃れるように天を仰いだ。一言も口を開かない。

「帰る。二度と僕の前に現れないでくれ」

明るい夜空を見上げて微動だにしない滝沢から、氷川は背を向けると歩きだした。すると、雑貨屋の隣にあったインポートショップの前にブリオーニの黒いスーツに身を包んだ清和が立っている。清和の周囲にはリキやショウ、祐にサメといった眞鍋の精鋭たちも揃っていた。五人も揃っていると盛観だ。

「あ……」

氷川が条件反射のように手を上げると、清和に腰を抱きよせられた。そして、半開きの口を塞《ふさ》ぐように清和の唇が重なってきた。

大通りを行き交う人々は男同士のキスシーンに仰天していたが、だからといってべつに何もない。なんかの撮影か、と腕を組んで歩いていたカップルは言っていた。清和と氷川のルックスから、そう思ったのかもしれない。

「も、もう……」

氷川は清和の髪の毛を引っ張って、強引にキスを終わらせた。つい先ほどまで滝沢にキスを迫っていたものの、実際に道の往来でキスをされると、いたたまれなくて仕方がない。氷川の顔どころか耳も首も真っ赤だ。

滝沢は呆然《ぼうぜん》と立ち尽くしている。

氷川は清和の腕を引くと足早に歩きだした。一刻も早くここから立ち去りたい。

「清和くん、話を聞いていたの？」

氷川が清和に尋ねると、そばにいた祐が一礼した。それから、祐は氷川の上着のポケットから小型の盗聴器を取りだした。

いつポケットに忍び込まされたのか、氷川はまったく気づかなかった。盗聴器を持たせ

ていたから、滝沢との話し合いに祐は同行しなかったのかもしれない。どちらにせよ、滝沢との会話はすべて清和に筒抜けだ。

「女性と付き合える男は女性と結婚する。一般社会で生きている滝沢は、僕のためにすべてを捨てることはできない。心配することないって言っただろう」

氷川は清和を見つめると軽く笑った。

「………」

清和と滝沢は根本的に生きている世界が違う。清和にとって滝沢が理解できないように、滝沢も清和が理解できまい。

いくら職場の前とはいえ、どうして滝沢は欲しくてたまらなかった氷川にキスをしないのか、祐やサメ、ストイックなリキでさえ理解できないようだ。

あいつは馬鹿《ばか》だ、とショウは滝沢に呆れていた。祐やサメ、リキも口にこそ出さないが、みんな、ショウと同じ言葉を心の中で呟《つぶや》いている。この場に桐嶋《きりしま》がいたら、もっと盛大に滝沢は罵《ののし》られているに違いない。

「滝沢はもう僕をどうこうしようなんて思わないと思う。職場で僕に迫られたら困るからね」

氷川が悪戯っぽく微笑むと、それまで無言で聞いていた祐が口を開いた。

「うちの職場でしたら、どんなに迫っても構いません。盛大に姐さんのダーリンに迫ってください」

祐は口を噤《つぐ》んでいる清和を肘《ひじ》でつついた。

「何をしているんですか、ここは愛の言葉を一発かますところですよ」

無口で照れ屋の清和に愛の言葉は無理だと氷川は庇《かば》おうとしたが、年下の男はよく通る低い声で宣言した。

「結婚式を挙げる」

思いがけないことを清和の口から聞いて、氷川は驚愕《きょうがく》のあまり転倒しそうになってしまった。彼の大きな手に支えられなければ、したたかに顔を打っていただろう。

「……あ、そうですね、結婚式をまだ挙げていないんでしたっけ？　盛大な式を挙げましょうか」

最初は惚《ほう》けていたが、我に返ると祐は楽しそうに指を鳴らした。リキとサメは顔を見合わせると口元を緩める。ショウは口笛を吹きつつ、旅行会社のパンフレットの中からハネムーン関係のものを抜きだした。

「これ、どうっスか？」

「ショウ、ハネムーンより先に結婚式だ。総合結婚式場はあまり薦めない。どこかの洋館を借りきるのもいいかもしれないな。ドイツの教会もいいと思うけど……そんな暇ないかな。やっぱり、日本かな」

どうやら、祐はロマンティックな結婚式を演出しようとしているらしい。氷川は軽く笑うと、清和に言った。

「清和くん、結婚式より銀婚式を挙げて」

氷川の言いたいことはちゃんと清和に通じていた。周りにいた清和の舎弟たちにもちゃんと通じている。

「ああ」

「僕、今でも清和くんにヤクザをやめてほしいと思っているけど、清和くんがヤクザだから僕は奥さんでいられるのかもしれない。ヤクザでよかったのかな」

氷川は初めて清和が極道でよかったのかと思った。けれども、その思いはすぐに打ち消される。

「やっぱり危ないからいやだ」

氷川の瞼《まぶた》に清和を狙う銃口が浮かんだ。ヒットマンも次から次へと現れる。振り切るように清和を眺めたが脳裏から消えない。

「………」

「でも、ヤクザだから僕とこんなに堂々としていられるんだよね。リキくんもショウくんも祐くんもサメくんも祝福してくれるんだよね。もう、どうしよう……」

今さら悩んでも仕方がないことを悩む氷川に、清和は目を細めている。周囲にいる清和の舎弟たちは苦笑を浮かべていた。

「もうなんでもいい、どっちでもいいから、僕を置いていかないでくれ、ひとりにしないで」

氷川の切ない想いを、清和は真摯な目で受け止めた。

「わかっている」

氷川は清和との愛が永遠に続くと信じている。ここまで氷川を愛した男はいないし、氷川がここまで愛した男もいない。だが、清和が修羅《しゅら》の世界の住人である限り、当人たちの意思を裏切ってふたりの日々に幕を下ろさなければならない可能性は高い。

清和の身体を撃ち抜く銃弾があるとするならば、先に自分の胸を撃ち抜いてほしい。そう氷川は切実に思ったが、あえて口にはしない。きっと、愛《いと》しい男は辛《つら》そうにするから。

あとがき

講談社X文庫様では十三度目ざます。十三度目のご挨拶《あいさつ》ができて嬉しいざます。自分に『あかんたれ』のレッテルを貼りつけて久しい樹生《きふ》かなめざます。

あかんたれ、あかんたれ、あかんたれ……いえ、なんてことはない、龍《りゅう》&Ｄｒ.シリーズの舞台になっている新宿《しんじゅく》の夜をひとりでうろつくのはやはり怖いな、と。深夜の新宿でもあそこら辺ならいいけどこちらはむっちゃ怖いな、と。真夜中の新宿でもあっちはいいけどこっちは半端《はんぱ》じゃなく怖いな、と。

我ながら、あかんたれ、だと思いましたとも。

取材でなければ深夜の新宿を回ることはしなかったでしょう。ええ、もう、取材でも怖くなって途中で引き返そうかと思いましたとも。

それでも、ここで引き返したら、いったいなんのために西の港町から上京したのでしょう。龍&Ｄｒ.シリーズ執筆のため、アタクシは必勝の鉢巻きを額に締めて、深夜の新宿を回り続けましたとも。

不夜城という呼び名は伊達《だて》ではないと思いました。

日々、己のオヤジ化に怯《おび》えている樹生かなめざますが、真夜中の新宿は樹生かなめに己の性別を再確認させる街かもしれませぬ。

そんな新宿でございますが、アタクシには新宿に来たら必ず立ち寄るというお気に入りのお店があります。手作りのハンバーガーもポテトもスイーツもめっちゃ美味《おい》しいんざます。カロリーを考えると背筋に冷たいものが走るのですが、もう、どんなに肥えてもええから食《く》うで、という大好物ざます。

その日、新宿で新しいメガネを注文した帰りのことでした。

今日はアボカドバーガーにチーズをトッピングして食うてやるでっ、とお気に入りのお店に勢い込んで行きましたら、満席で並ばなければなりません。それもドアの外に並んでいる方の数を考えたら、軽く一時間は待たなくてはいけないでしょう。

アタクシ、自慢にもなりませんが食い意地が張っています。

しかし、食いもんのために並ぶのはいやざます。

ええ、欲しい本を買うためにならばいくらでも並びますが、メシを食うために並ぶのはいや。

その日、大好きなアボカドバーガーとポテトを諦《あきら》めて、頭文字にFがつくハンバーガーショップに向かいました。Fハンバーガーショップのチーズバーガーも好きざます。でも、そのFハンバーガーショップも満席でした。

何があっても、食いもんのために並ぶものか。

アタクシは頭文字にWがつくファストフードの店に行きました。けれども、W店も満席でした。

Lがつくファストフードも満席ざます。

Mがつくファストフードも満席ざます。

その日のアタクシの気分はハンバーガーでございました。ゆえに、その後もハンバーガーを求めて新宿の街を彷徨《さまよ》いました。新宿にはハンバーガーが食べられるお店がたくさんございます。それなのに、どの店も満席ざます。

なんでこないに混んどんや、そういや今日は土曜日やっけ、でも、いくら土曜日でもこれはないやろ、どこか空いとうやろ、と思っても全滅でございました。やはり、土曜日の新宿は半端ではございません。

二時間近く（迷子の時間も含む）ハンバーガーを求めて彷徨った後、樹生かなめはとうとうハンバーガーを諦め、カレーを食べました。焼きたてのナンで食べるカレーは美味しかったです。これで不味《まず》かったらアレでございましたが、美味しかったのでOKでございます。

後日、新調したメガネを受け取った帰り、お気に入りのお店に行きました。平日でしたので並ばずにすみましたとも。

そこで、でございます。

そのお気に入りのお店には、ポテトがついた小さなサイズのハンバーガーとスイーツがセットになっているレディースセットがございます。

アタクシはハンバーガーもスイーツも食べたかった。

はい、レディースセットを注文すればいい。

でも、でも、でも、なんでございます。先日、食い損ねたリベンジというわけではございませんが、アタクシの気分といたしましては、チーズをトッピングしたレギュラーサイズのアボカドバーガーとチーズケーキをがっつりと食べたかったんざます。

でも、レギュラーサイズのハンバーガーとケーキ、両方とも注文している女性はお見かけしません。アタクシが知る限り、両方ともがっつり食っている女性はいなかったと思います。

折しも、注文レジにいるスタッフはカッコイイお兄ちゃんざます。

カッコイイお兄ちゃんに大食らいがバレるぐらいなんてことないわよ、オヤジ街道を突き進んでいる樹生かなめだもの……と、思っていたのですが、樹生かなめは女だったようざます。ええ、紛《まぎ》れもなく女でございました。ただ単に恥ずかしいという理由だけで、アタクシはレディースセットを注文していました。

本当なら、レギュラーサイズのハンバーガーをみっつ、ケーキをよっつ、それぐらい一気にペロリと食べられるくせに。

食い逃げするわけでもなし、ハンバーガーもケーキもみっつぐらい堂々と食べてくりゃいいのに、何をやってんだろう……。

これもあかんたれのあかんたれたる所以《ゆえん》なのか、それとも、女の女たる所以なのか、悩むところでございます。

どちらなんでしょう。

つい先日、ン年前のスカートが入らなくて咽《むせ》び泣《な》きました。顔に刻まれた歳《とし》の証明にも咽び泣いております。咽び泣くところが女の女たる所以なのでしょうか。

それではでございます。

奈良千春《ならちはる》様、今回も素敵な挿絵をありがとうございました。深く感謝します。

担当様、いろいろとありがとうございました。深く感謝します。

読んでくださった方、ありがとうございました。

再会できますように。

体脂肪から目を背け続ける樹生かなめ

樹生かなめ先生の『龍の求愛、Ｄｒ.の奇襲』、いかがでしたか？
樹生かなめ先生、イラストの奈良千春先生への、みなさんのお便りをお待ちしております。

樹生かなめ先生へのファンレターのあて先
〒112-8001　東京都文京区音羽2-12-21　講談社　文芸X出版部「樹生かなめ先生」係

奈良千春先生へのファンレターのあて先
〒112-8001　東京都文京区音羽2-12-21　講談社　文芸X出版部「奈良千春先生」係

N.D.C.913　246p　15cm

樹生かなめ（きふ・かなめ）

講談社X文庫

血液型は菱型。星座はオリオン座。
自分でもどうしてこんなに迷うのかわからない、方向音痴ざます。自分でもどうしてこんなに壊すのかわからない、機械音痴ざます。自分でもどうしてこんなに音感がないのかわからない、音痴ざます。自慢にもなりませんが、ほかにもいろいろとございます。でも、しぶとく生きています。
樹生かなめオフィシャルサイト・ROSE13
http://homepage3.nifty.com/kaname_kifu/

white heart

龍《りゅう》の求愛《きゅうあい》、Dr.《ドクター》の奇襲《きしゅう》

樹生《きふ》かなめ

●

2008年8月5日　第1刷発行

定価はカバーに表示してあります。

発行者——野間佐和子
発行所——株式会社　講談社
東京都文京区音羽2-12-21　〒112-8001
電話　編集部　03-5395-3507
販売部　03-5395-5817
業務部　03-5395-3615
本文印刷—豊国印刷株式会社
製本——株式会社千曲堂
カバー印刷—半七写真印刷工業株式会社
本文データ制作—講談社プリプレス管理部
デザイン—山口　馨

ISBN978-4-06-286560-9

講談社X文庫ホワイトハート・大好評発売中！

黄金の拍車　駒崎　優
お待たせ！「ギル&リチャード」新シリーズ！（絵・岩崎美奈子）

白い矢　黄金の拍車　駒崎　優
リチャードの兄からの招待状、それは……。（絵・岩崎美奈子）

針は何処に　黄金の拍車　駒崎　優
トビーが誘拐!? 若き騎士たちの必死の捜索!!（絵・岩崎美奈子）

花嫁の立つ場所　黄金の拍車　駒崎　優
夫を殺した女をリチャードが匿うことに!!（絵・岩崎美奈子）

麦とぶどうの恵みより　黄金の拍車　駒崎　優
中世騎士物語、ギル&リチャード最新作！（絵・岩崎美奈子）

エニシダの五月　黄金の拍車　駒崎　優
ギル&リチャード、ついにファイナル！（絵・岩崎美奈子）

Stand Alone　駒崎　優
駒崎優の新境地！　熱く切ないＢＬ!!（絵・槇えびし）

㊕捜査!?　少年手帳　斎王ことり
童顔の新米刑事が、男子校へ潜入捜査に!?（絵・凱王安也子）

唇から媚薬　㊕捜査!?　少年手帳2　斎王ことり
童顔刑事、今度はホストクラブへ？（絵・凱王安也子）

殺意は甘い香り　㊕捜査!?　少年手帳3　斎王ことり
童顔刑事・渚が、元華族の令嬢になる!?（絵・凱王安也子）

13月王のソドム　斎王ことり
高校生の凛が、突然、砂漠の王子に!?（絵・凱王安也子）

13月王のソドム　魔王子の金の鳥籠　斎王ことり
凛が、砂漠の王国にふたたび略奪された!?（絵・凱王安也子）

13月王のソドム　飛竜の紋章　斎王ことり
王位継承の行方は？　そして二人の運命は!?（絵・凱王安也子）

真夜中のお茶会　ブラッディ・キャッスル　斎王ことり
吸血鬼の運命を担う少年の前に現われたのは。（絵・風都ノリ）

真夜中の棺《ひつぎ》　ブラッディ・キャッスル　斎王ことり
仮面の〝黒い悪魔〟を追うカトルの前には!?（絵・風都ノリ）

犬神遣い　西門佳里
第11回ホワイトハート大賞選出の大型新人!!（絵・橘水樹　櫻林子）

支配者の雫　犬神遣い2　西門佳里
恐ろしい「それ」の正体は？　戦慄の犬神戦第二弾！（絵・橘水樹　櫻林子）

鍵の猫　Niki's tales　西門佳里
僕はどうして「鍵猫」になったの？（絵・モーリーあざみ野）

私立クレアール学園　学園祭で華になれ！　西門佳里
「クレ学」に入学して、はじけようぜ！（絵・唯月　一）

ドロップアウト　甘い爪痕　佐々木禎子
香港マフィアと無資格医師の、熱い恋。（絵・実相寺紫子）

☆……今月の新刊

講談社X文庫ホワイトハート・大好評発売中！

ドロップアウト　堕天使の焦燥　佐々木禎子
身を焦がしても、手放したくない…。（絵・実相寺紫子）

ドロップアウト　龍の咆哮　佐々木禎子
香港マフィアと無資格医師、遠距離恋愛の結末は!?（絵・実相寺紫子）

春陽　佐島ユウヤ
第10回ホワイトハート大賞優秀賞受賞作！（絵・佐島ユウヤ）

桜行道　佐島ユウヤ
山の天狗との、不思議な、心あたたまる道行き。（絵・佐島ユウヤ）

松の四景　佐島ユウヤ
ファン待望の佐島ワールド第三弾！（絵・竹美家らら）

獣のごとくひそやかに　言霊使い　里見　蘭
逃げよう——出逢ってしまったふたりだから。（絵・高嶋上総）

奇跡のごとくかろやかに　言霊使い　里見　蘭
新たな刺客に追われる聖と隼王の運命は!?（絵・高嶋上総）

嵐のごとく高らかに　言霊使い　里見　蘭
聖と隼王が、ついに「言霊」と闘うことに!?（絵・高嶋上総）

楽／園　三條星亜
情報屋アレグリット大活躍!!　期待の新人登場！（絵・岩崎美奈子）

ガラス遊戯　風の守り歌　志堂日咲
少年達の鮮烈なる冒険。期待のデビュー作！（絵・榎本ナリコ）

不透明な玩具　風の守り歌　志堂日咲
爆ぜる少年の心を描く、大型新人第2弾！（絵・榎本ナリコ）

英国妖異譚　篠原美季
第8回ホワイトハート大賞《優秀作》！（絵・かわい千草）

嘆きの肖像画　英国妖異譚2　篠原美季
呪《のろ》われた絵画にユウリが使った魔術とは!?（絵・かわい千草）

囚われの一角獣《ユニコーン》　英国妖異譚3　篠原美季
処女の呪いが残る城。ユウリの前に現れたのは!?（絵・かわい千草）

終わりなきドルイドの誓約《ゲッシュ》　英国妖異譚4　篠原美季
下級生を脅かす骸骨の幽霊。その正体は!?（絵・かわい千草）

死者の灯す火　英国妖異譚5　篠原美季
ヒューの幽霊がでるという噂にユウリは!?（絵・かわい千草）

背信の罪深きアリア　英国妖異譚SPECIAL　篠原美季
待望のユウリ、シモンの出会い編。（絵・かわい千草）

聖夜に流れる血　英国妖異譚6　篠原美季
贈り主不明のプレゼントが死を招く!?（絵・かわい千草）

古き城の住人　英国妖異譚7　篠原美季
アンティークベッドに憑《つ》いていたものは!?（絵・かわい千草）

水にたゆたふ乙女　英国妖異譚8　篠原美季
オフィーリア役のユウリが、憑かれた!?（絵・かわい千草）

☆……今月の新刊

講談社X文庫ホワイトハート・大好評発売中！

募集要項

■内容

ホワイトハートにふさわしい小説であれば、ジャンルは問いません。商業的に未発表作品であるものに限ります。

■資格

年齢・男女・プロ・アマは問いません。

■原稿枚数

ワープロ原稿の規定書式【1枚に40字×40行、縦書きで普通紙に印刷のこと】で85枚～100枚程度。

■応募方法

次の3点を順に重ね、右上を必ずひも、クリップ等で綴じて送ってください。

1. タイトル、住所、氏名、ペンネーム、年齢、職業（在校名、筆歴など）、電話番号、電子メールアドレスを明記した用紙。
2. 1000字程度のあらすじ。
3. 応募原稿（必ず通しナンバーを入れてください）。

ご注意

○ 応募作品は返却いたしません。
○ 選考に関するお問い合わせには応じられません。
○ 受賞作品の出版権、映像化権、その他いっさいの権利は、小社が優先権を持ちます。
○ 応募された方の個人情報は、本賞以外の目的に使用することはありません。

背景は2007年度新人賞受賞作のカバーイラストです。
鳩かなこ／著　今 市子イラスト『帝都万華鏡 桜の頃を過ぎても』（左）
蒼／著　高島上総イラスト『風戯え 妖筆抄奇譚』（右）

ホワイトハート最新刊

龍の求愛、Dr.の奇襲
樹生かなめ ●イラスト／奈良千春
清和くん、僕のお願いを聞いてくれないの？

王は運命《さだめ》に惑う 桃花《とうか》男子
岡野麻里安 ●イラスト／穂波ゆきね
元の世界へ二人で帰ろう。この命を懸けて。

ホワイトハート・来月の予定(9月5日頃発売)

帝都万華鏡 たゆたう光の涯《はて》に……鳩かなこ
クルーズは密やかに(仮)…檜原まり子
掲げよ、命懸ける銀の剣 幻獣降臨譚…本宮ことは
※予定の作家、書名は変更になる場合があります。